D0736161

Amos Daragon, la cité de Pégase

Dans la série Amos Daragon

Amos Daragon, porteur de masques, roman, 2003.

Amos Daragon, la clé de Braha, roman, 2003.

Amos Daragon, le crépuscule des dieux, roman, 2003.

Amos Daragon, la malédiction de Freyja, roman, 2003.

Amos Daragon, la tour d'El-Bab, roman, 2003.

Amos Daragon, la colère d'Enki, roman, 2004.

Amos Daragon, voyage aux Enfers, roman, 2004.

Amos Daragon, Al-Qatrum, hors-série, 2004.

Romans pour adultes chez le même éditeur

Pourquoi j'ai tué mon père, roman, 2002.

Marmotte, roman, réédition, 2002 ; première édition, 1998, Éditions des Glanures.

Mon frère de la planète des fruits, roman, 2001.

BRYAN PERRO

Amos Daragon, la cité de Pégase

Les Éditions des Intouchables bénéficient du soutien financier
de la SODEC, du Programme de crédits d'impôt du gouvernement du Québec, du PADIÉ et sont inscrites au Programme
de subvention globale du Conseil des Arts du Canada.

LES ÉDITIONS DES INTOUCHABLES
2316, avenue du Mont-Royal Est
Montréal, Québec
H2H 1K8
Téléphone: (514) 526-0770
Télécopieur: (514) 529-7780
www.lesintouchables.com

DISTRIBUTION: PROLOGUE
1650, boulevard Lionel-Bertrand
Boisbriand, Québec
J7H 1N7
Téléphone: (450) 434-0306
Télécopieur: (450) 434-2627

Impression: Transcontinental
Infographie et maquette de la couverture: Benoît Desroches
Illustration de la couverture: Jacques Lamontagne
Logo: François Vaillancourt

Dépôt légal: 2005
Bibliothèque nationale du Québec
Bibliothèque nationale du Canada

ISBN 2-89549-154-2

Prologue

L'extraordinaire histoire du dieu-cheval des icariens est racontée sur les piliers sacrés des gardiens du dogme de la grande cité de Pégase. Sur de précieux rouleaux d'or et d'ambre enchâssés dans les colonnes du temple, il est dit qu'un grand héros fit un jour naître le cheval Pégase en tranchant la tête de Méduse. Du sang de la première des gorgones jaillit un cheval blanc d'une grande splendeur. Muni d'ailes capables de le propulser dans le ciel, il devint un symbole de pureté, de connaissance et de pouvoir.

De multiples cultures ont prié Pégase au cours des siècles, notamment la dynastie déchue des Hon, qui lui consacra des compositions musicales rythmées aux douces tonalités. D'autres adorateurs de lointains pays lui ont dédié des poèmes et des fables en hommage à sa sagesse et à son courage. Plusieurs œuvres d'art, jadis créées par des peuples barbares, et maintenant presque toutes rassemblées dans la grande cité des icariens, témoignent encore de la grâce de cet animal divin.

Ce furent d'ailleurs les icariens, ces hommanimaux ayant l'aptitude de se métamorphoser en oiseaux, qui transformèrent le simple culte de Pégase en une religion complexe. Allant jusqu'à lui dédier une gigantesque cité construite au sommet de la plus haute montagne des monts du Centre, les icariens devinrent ensuite fanatiques et déclarèrent la guerre aux êtres aptères, c'est-à-dire dépourvus d'ailes, qu'ils considéraient comme impurs. Lentement, ils s'isolèrent du reste du monde pour former une société traditionaliste, monarchiste et raciste.

Toutefois, les rouleaux d'or et d'ambre parlaient aussi du jour du Grand Choix, une date fatidique où l'arrivée sur le trône d'une nouvelle reine bouleverserait les croyances des fidèles en liant leur destin à celui des sans-ailes. Cette prophétie, ridiculisée par les souverains imbus de leurs pouvoirs, fut vite reléguée aux oubliettes et on évita de l'enseigner.

Or, les rois icariens auraient dû savoir que la vérité, même enfouie sous des tonnes de mensonges, finit toujours par éclater au grand jour.

1
Le réveil

Amos se réveilla en sursaut et bondit sur ses pieds en poussant un hurlement de peur. Le sang encore glacé d'effroi par son passage aux Enfers, il cria à nouveau avant de tomber la face contre terre, victime d'un étourdissement.

Le soleil brûlait ses yeux et l'empêchait de voir autour de lui. Haletant comme s'il venait de faire une longue course, le garçon parvint à se mettre à genoux. Une terrible migraine broyait sa tête qui semblait sur le point d'éclater ! La bouche sèche et le ventre creux, il avait l'impression qu'un troupeau de bêtes sauvages avait galopé sur tout son corps. Cette sensation, il l'avait ressentie plusieurs fois dans les Enfers.

Ce n'est qu'après de longues minutes qu'Amos, toujours à genoux dans le sable humide, réussit à retrouver ses esprits. Ses yeux s'habituèrent à la lumière intense et son cœur, qui battait à tout rompre, reprit un rythme régulier. Le garçon perçut ensuite les cris distinctifs des goélands et, plus près de lui, le clapotis familier des vagues.

«Mais, je suis... je suis sur une plage, se dit-il en saisissant une poignée de sable. Je suis sorti! Je suis sorti des Enfers! C'est terminé... JE SUIS VIVANT!»

En prononçant cette dernière phrase, Amos fondit en larmes. Enfin loin de la torture, de l'angoisse et du désespoir, il pleura de soulagement. Ce voyage l'avait bouleversé au plus haut point et les émotions refoulées se libéraient maintenant dans une crise bienfaitrice.

Amos frappa violemment le sol de ses poings en criant et en maudissant les dieux. Il se calma, puis recommença son manège à quelques reprises. La rage le quitta lentement, par bouffées, comme des gouttes d'eau qui s'évaporent. S'envolèrent aussi sa peur, son amertume et sa tristesse. Enki avait fait de lui une marionnette condamnée à subir les pires tourments et voilà que le pantin redevenait humain.

Lorsqu'il eut évacué tout le fiel qui empoisonnait son âme, Amos se coucha sur le dos dans le sable chaud et s'abandonna à la rêverie. Il n'avait pas été aussi bien depuis des mois. Il laissa ses doigts jouer avec les grains dorés et se délecta du parfum iodé de la mer. Il fixa longuement le ciel en s'amusant à examiner les nuages.

«C'est vraiment terminé, songea-t-il. Yaune avait raison lorsqu'il m'a confié, sur le pont de l'Achéron, que le monde des vivants est un paradis pour celui qui sait ouvrir les yeux. Je n'ai jamais trouvé le ciel aussi beau, le sable aussi doux et le son des vagues aussi envoûtant. Je crois que je n'ai jamais été aussi bien de ma vie…»

Amos ferma les yeux et sombra cette fois dans un sommeil apaisant. Il s'éveilla juste à temps pour apercevoir un magnifique coucher de soleil qui embrasait le ciel. Son émerveillement fut interrompu par des bruits étranges. Son estomac lui rappelait bêtement que, dans le monde des vivants, il était impératif de se mettre quelque chose sous la dent.

Amos eut d'abord le réflexe de prendre sa gourde pour y boire de l'eau de la fontaine de Jouvence, mais il se ravisa. Elle était encore à moitié pleine.

«Je dois l'économiser, pensa-t-il sagement. Cette eau est trop précieuse pour être gaspillée. Maintenant que je suis de retour parmi les vivants, je vais me débrouiller pour trouver quelque chose à manger dans les environs.»

Profitant des derniers moments de clarté, Amos marcha jusqu'aux récifs et découvrit qu'ils regorgeaient de mollusques. Il retira son armure de cuir et transforma son vêtement de corps en sac de fortune. Avant la tombée de la nuit, le jeune garçon eut le temps de récolter un grand nombre de moules et d'huîtres. Il s'aida de la dague de Baal pour en décoller un bon nombre des rochers. Cette pêche lui rappela le royaume d'Omain et les heureux moments qu'il avait passés à chasser dans les bois ou à tirer sa ligne à la mer. Il se retrouvait aujourd'hui seul, comme autrefois, sans nul autre souci que de faire un bon repas. Il y avait de cela si longtemps ! À vrai dire, à peine deux ans… peut-être trois !

« Je me demande combien de temps j'ai voyagé dans les Enfers, s'inquiéta Amos. Peut-être un mois ? Ah non… ç'a été beaucoup plus long ! J'estime que… Si je me fie à… Hum… je ne sais plus du tout ! Il semble bien que j'aie perdu la notion du temps. »

Sans plus se questionner, le garçon regagna la plage. Comme il n'avait pas de marmite pour faire cuire ses aliments, il creusa un trou dans le sable. En utilisant ses pouvoirs, le porteur de masques commanda à l'eau de la mer de le remplir à ras bord et vida ensuite sa fructueuse pêche dans le chaudron improvisé. Il claqua des doigts, et l'eau se mit immédiatement à bouillir. En quelques minutes, le repas était prêt.

La nuit était complètement tombée lorsque Amos termina de manger. En guise de feu de camp, il avait enflammé deux grosses pierres qui se consumaient magiquement en dégageant de belles flammes vertes et bleues. Le garçon avait intégré les quatre pierres de son masque, et sa maîtrise du feu était parfaite ! Il n'avait eu qu'à regarder les pierres et à ordonner qu'elles s'embrasent.

La marée haute avait envahi la plage et Amos en profita pour se baigner. Il s'assura bien de ne pas trop s'avancer dans l'eau. Il savait qu'il n'était pas prudent de nager tout juste après avoir mangé et que même les magiciens ne sont pas à l'abri des crampes. Il aurait été stupide de survivre à la traversée des Enfers pour ensuite se noyer à cause d'un malaise.

« Quel bonheur ! s'exclama le garçon en se laissant flotter. J'ai vraiment besoin de repos pendant les prochains jours. Il me faut du temps pour me remettre de ma dernière aventure. Demain, j'essaierai de trouver un endroit plus approprié pour dresser un campement. »

Le lendemain, non loin de là, Amos trouva effectivement un lieu parfait pour y établir une habitation rudimentaire. Il s'installa dans un arbre, entre deux grosses branches autour desquelles il tissa un filet de lianes. Ainsi suspendu dans les airs, il pourrait dormir confortablement sans craindre les prédateurs et passer de longues heures à faire la sieste en se laissant caresser par le vent. C'est donc ainsi que le porteur de masques récupéra peu à peu; finalement, au bout d'une vingtaine de jours, il se sentit prêt à prendre la route pour rentrer à Upsgran.

« Ah là, là ! se dit-il en achevant de préparer ses provisions. J'ai un peu de poisson fumé, quelques fruits et quelques racines. C'est nettement insuffisant, car j'aurai tout mangé dans quelques jours ! J'espère qu'il y a un village pas trop loin d'ici… »

C'est alors qu'un épouvantable cri retentit et glaça le sang d'Amos. Ce hurlement de détresse, mi-humain, mi-animal, venait de la plage. Le garçon abandonna ses préparatifs et se précipita vers l'endroit d'où venait l'appel. En s'en approchant, il fut saisi par une odeur nauséabonde ! C'était une émanation acide avec des relents de soufre !

Le porteur de masques s'immobilisa en apercevant l'étrange spectacle qui se déroulait sur la plage. Six humanoïdes à tête et à buste de femme montés sur un corps de vautour attaquaient de leurs puissantes serres un grand oiseau multicolore aux larges ailes.

« WOW ! ce sont des harpies ! se dit Amos. Elles sont en tout point conformes à ce que j'ai lu dans *Al-Qatrum*. Mais pourquoi s'en prennent-elles à cet oiseau ? »

En regardant bien, le garçon comprit que la victime n'était pas un oiseau, mais un humain. Il s'agissait d'une jeune fille. Comme l'une des harpies se préparait à asséner un féroce coup de bec à sa proie, il hurla :

– PARTEZ D'ICI ET LAISSEZ CETTE CRÉATURE TRANQUILLE !

Les six harpies abandonnèrent leur basse besogne pour le dévisager. Puis, elles lui adressèrent quelques mots dans une langue incompréhensible et lui firent signe de dégager. Le porteur de masques regretta de ne pas avoir ses oreilles de cristal pour les comprendre.

– CECI EST MON DERNIER AVERTIS-SEMENT ! insista-t-il en appuyant sur chacun de ses mots. PARTEZ IMMÉDIATEMENT OU VOUS EN SUBIREZ LES CONSÉQUENCES !

– Menaces ? fit une harpie à ses acolytes. Te tuer !

– Te tuer ! Te tuer ! reprirent les autres en avançant vers Amos.

– Je vous aurai averties…

D'un vigoureux mouvement, Amos fit lever un tourbillon de vent qui se transforma en une petite tempête de sable qu'il propulsa sur les harpies. Aveuglées, ces dernières ragèrent, émettant d'énormes borborygmes. Le porteur de masques profita de leur cécité pour faire jaillir de la mer une gigantesque vague qui vint se fracasser sur elles. Trempés et apeurés, les monstres déguerpirent à tire d'aile.

Sans attendre, Amos se dirigea vers le corps inerte. Il découvrit une créature, ma foi, bien étrange. Mi-humain, mi-oiseau, cette humanoïde grièvement blessée avait deux très grandes ailes ainsi qu'une magnifique tête aux plumes multicolores. Elle devait être guerrière, car elle portait une armure de cuir, déchirée sans doute par les harpies. Son costume était composé d'un bustier et d'une culotte en forme de jupette où étaient attachés de longs bas de métal souple. Deux carquois vides pendaient à sa ceinture.

Le garçon tenta de réanimer la créature, mais n'y arriva pas. Ses blessures étaient profondes et elle semblait avoir perdu beaucoup de sang. Du mieux qu'il le put, Amos la hissa sur son dos et l'amena à son campement. Il l'installa ensuite confortablement dans le filet suspendu.

« Son pouls est très faible, constata-t-il. De toute évidence, elle ne passera pas la journée. J'ai bien fait de garder l'eau de la fontaine de Jouvence pour les cas d'urgence ! »

Le porteur de masques en déposa quelques gouttes sur les lèvres de l'humanoïde. Par réflexe, elle avala le liquide miracle. Tout de suite, elle reprit des couleurs et ses plaies commencèrent à se refermer d'elles-mêmes. Amos continua à lui administrer le traitement par petites gorgées jusqu'à sa complète guérison. C'est alors que la fille-oiseau ouvrit les paupières et aperçut son bienfaiteur.

Amos plongea dans les yeux de cette jeune créature comme dans une mer profonde. Il reconnut tout de suite le sentiment qui l'avait chaviré lors de sa rencontre avec Otarelle. Mais cette fois, ce n'était pas un mauvais sort de Baya Gaya ! Son cœur galopait réellement dans sa poitrine, et ses bouffées de chaleur n'étaient pas le résultat de quelques formules ou potions magiques. Sa raison venait d'être submergée par une douce sensation de féerie, et des étincelles pétillaient dans ses yeux. C'était inexplicable et enivrant, unique et précieux ! Après un terrible voyage aux Enfers, ce moment de bonheur pur l'enflamma et lui fit perdre la tête. Plus rien n'existait maintenant, hormis les yeux de cette magnifique créature.

De son côté, la jeune humanoïde fut ravie par le regard de son sauveur. Il avait l'air bon sans être mièvre, dépourvu de malhonnêteté et très… très gentil. Après le cauchemar des harpies, elle se dit que ce garçon lui avait été envoyé par la Providence. C'était un signe ! Un signe du grand dieu Pégase qui lui offrait une nouvelle vie et un nouveau compagnon.

Entre les deux adolescents, ce fut le coup de foudre immédiat!

Sans dire un mot, Amos et la fille-oiseau approchèrent leurs bouches l'une de l'autre et s'embrassèrent. Dans ce geste tendre et spontané, leurs mains s'unirent et leurs cœurs se nouèrent. Tous deux fermèrent les yeux afin de mieux goûter l'extase du moment.

2
Aélig

Reprenant ses esprits, Amos se sentit embarrassé. Il se déroba brusquement à la magie de ce premier baiser et, troublé d'avoir ainsi perdu la tête, lança :

– Désolé… Je suis vraiment… Je ne croyais pas… Mais… Pardon… ce n'est pas mon habitude de…

– Moi non plus, se défendit aussi la jeune humanoïde. Je crois que… Ce doit être… Je crois que… que, c'est l'air ! C'est l'air de la mer qui…

– C'est cela ! confirma Amos en bondissant sur la piètre excuse. L'air est si… tellement… comment dire ?…

– Pur ! fit la fille. Et chacun sait que l'air pur donne… donne…

– … envie de s'embrasser…

– C'est cela…

– Oui…

Un troublant silence prit place entre les deux adolescents. Amos toussota et finit par se présenter :

– Je suis Amos Daragon et…

– Et moi, je m'appelle Aélig, je suis icarienne de la…

– Moi, humain!

– Pardon? fit Aélig.

– Moi, je suis humain… Je n'ai pas d'ailes…

– Je le vois bien et c'est bien dommage pour toi!

– Pourquoi?

– Parce que… parce que… parce que tu ne peux pas voler!

– C'est bien vrai. C'est une excellente remarque! Les gens qui ne possèdent pas d'ailes ne peuvent effectivement pas voler!

– Comme ceux qui possèdent des nageoires…

– Ceux-là non plus ne peuvent pas voler! fit maladroitement Amos.

– De toute évidence…

– C'est clair…

– …

– …

– Par contre, ils peuvent nager, continua Aélig, toujours mal à l'aise.

– On peut quand même nager sans nageoires.

– Mais pas voler sans ailes…

Un autre silence s'installa entre les deux adolescents. Aélig pensa alors qu'Amos devait la mésestimer. Ne lui avait-on pas répété des dizaines, sinon des centaines de fois que les sans-ailes étaient une menace constante pour les icariens ; qu'ils s'amusaient à ridiculiser leur grâce et leur intelligence tout en refusant obstinément de croire en leur supériorité ? Bien qu'elle fût complètement fascinée par Amos et certaine de la primauté de sa race, Aélig se trouva soudain ridicule avec ses grandes ailes, ses plumes en broussaille et ses vêtements trop courts. Elle rougit de honte.

Pour sa part, Amos trouva son propre comportement ridicule. Il se sentit très gêné de ne pas pouvoir articuler deux phrases sans hésiter et s'en voulut d'entretenir avec une si magnifique créature une conversation aussi grotesque.

«Elle doit penser que je suis le pire des imbéciles», se morfondait Amos.

«Il doit me trouver laide et terriblement monstrueuse», s'inquiétait Aélig.

«Si je pouvais trouver quelque chose d'intelligent à lui dire», se disait le garçon.

«Si je pouvais prendre deux minutes pour me refaire une beauté», souhaitait la fille.

Le porteur de masques brisa de nouveau le silence pour demander :

– Tu as faim ?

– Non, je te remercie, répondit Aélig, rassasiée par l'eau de la fontaine de Jouvence.

– Très bien…, fit Amos. Alors, je te laisse te reposer et, si tu veux, je t'invite ce soir à partager mon dîner. Tu n'auras qu'à te rendre à la plage par le petit chemin que tu vois juste ici, en bas de l'arbre. Je t'y attendrai…

– Très bien, accepta l'icarienne. Je te retrouverai avec grand plaisir…

– Donc, parfait ! se réjouit le garçon. Donnons-nous rendez-vous au coucher du soleil, ça te va ?

– Oui, à bientôt alors…

– À bientôt, oui…

Amos avait vite oublié son projet de se rendre à Upsgran. Il courut vers la plage et se lança dans les préparatifs de son repas. Peut-être réussirait-il ainsi à impressionner l'icarienne et à racheter ses stupides hésitations.

« Aélig, quel joli nom ! soupira Amos, le cœur battant. Ce soir, nous aurons un festin ! Commençons par aménager l'endroit… »

Amos commença ses préparatifs en fabriquant une table et des chaises de bois rudimentaires avec des branches de bambou et des feuilles de palmier. Ensuite, il alla chercher dans les bois quelques plantes comestibles, afin d'aromatiser ses plats, puis plongea dans la mer pour y trouver des coquillages. Pendant qu'il cherchait des crabes en eau plus profonde, un grand thon eut la malchance de passer tout près de lui. Sous l'eau, Amos ordonna à l'air de former une bulle pour le capturer et de le transporter jusqu'à la plage. Ce plat de résistance serait parfait !

De son côté, Aélig se dégourdit les ailes et passa le plus clair de son temps à se reposer. À cause de la mauvaise réputation des sans-ailes, elle pensa plusieurs fois à fausser compagnie à son sauveur et à retourner chez elle, mais elle se refusa à l'abandonner. Ce garçon avait du charme et il ne semblait pas trop bête pour un aptère. Même si la sagesse lui conseillait de fuir cet endroit et de rejoindre les siens, son cœur avait envie de connaître Amos. Le souvenir de ce baiser, à son réveil, la troublait encore.

Au coucher du soleil, Aélig déploya ses ailes et s'envola vers la plage. Pas question pour elle d'emprunter le petit sentier dans la forêt qu'elle jugeait trop dangereux.

Dans la lumière tamisée du couchant, Aélig atterrit dans un décor de conte de fées. Sous un ciel rouge ciselé de fins nuages blancs, Amos avait allumé une centaine de torches qui éclairaient une partie de la plage avant d'aller s'éteindre dans la marée montante. Une table et deux chaises, magnifiquement ornées de fleurs et de feuilles de palmier, attendaient les adolescents. De grands coquillages servaient d'assiettes, et des coquilles de moules faisaient office de couverts. Partout autour, les arbres portaient des guirlandes de lianes, elles aussi garnies de fleurs.

– Par ici, dit stupidement Amos en indiquant une chaise à Aélig. Au menu, nous avons des huîtres fraîches à l'ail des bois, des moules à la marjolaine et quelques palourdes aux fleurs de rosiers sauvages. De plus, j'ai préparé des crabes et, en plat de résistance, nous aurons du thon grillé sur pierres. Pour accompagner le tout, voici une salade d'alchémilles et des tiges de houx bouillies. Pour dessert, ce sera des cenelles d'aubépine sans noyau, puisqu'il est toxique, et de la noix de coco. J'espère que tu as faim ?

– Mais… mais, comment…, balbutia l'icarienne, comment as-tu réussi un tel miracle ?

– Oh ! fit Amos d'un ton amusé, c'est une bien longue histoire et j'ai peur que cela t'ennuie.

– Je ne mange qu'à une seule condition ! menaça Aélig. C'est que tu me racontes tout dans les moindres détails !

– C'est promis ! Mais d'abord, commence, toi… Allez, je nous sers et je t'écoute ensuite.

La jeune fille prit place et commença à se raconter :

– Comme tu le sais déjà, je m'appelle Aélig et j'appartiens au peuple des icariens. Les sans-ailes nous appellent plus vulgairement «hommanimaux». Connais-tu les hommanimaux ?

– Plutôt bien, répondit Amos. Mon meilleur ami est un béorite.

– Un quoi ?

– Un béorite, répéta le garçon. Il se transforme en ours…

– Hum… il doit être poilu !

– Oui, dit Amos en rigolant. Continue, je te parlerai de lui plus tard.

– J'habite dans la cité de Pégase où je suis…

Aélig hésita et jugea sage de ne pas tout dévoiler à son sujet.

– … où je suis… très heureuse de vivre. J'adore la philosophie et les langues. Je parle couramment l'icarien, le nordique, le korrigan, l'elfe, le faune, l'harpie, l'anatomac, en plus de quelques dialectes d'Ixion et lorsque je ne suis pas en fonction, je fais de la peinture !

– Pas en fonction ? l'interrompit Amos. Quel est ton travail ?

– J'étudie à la Maison du Savoir avec de vieux prêtres très sages, mais aussi très déprimants, répondit l'icarienne. J'occupe la fonction d'étudiante…

— Et il arrive parfois que tu échappes à « tes fonctions » ? demanda Amos.

— Très souvent, oui ! avoua Aélig en riant. Dès que j'ai du temps libre, je fuis la cité et je me promène dans les nuages. Je vais de montagne en montagne pour admirer les splendeurs du paysage. Au cours de ma dernière promenade, je n'ai pas fait attention et je suis descendue trop bas. Les harpies en ont profité pour m'attaquer… J'ai vraiment été stupide !

— Ton peuple est en guerre contre les harpies ?

— Oh non ! Ce sont les harpies qui sont en guerre contre tout ce qui marche, vole ou nage ! Hummmm, ta cuisine est vraiment délicieuse ! C'est une pure merveille !

— Merci beaucoup, répondit Amos, très content de son effet.

— Maintenant, c'est à toi ! Raconte ton histoire…

— Je te sers du thon d'abord ?

— Oui, un grand morceau, s'il te plaît !

Tout en mangeant, Amos raconta brièvement son histoire à Aélig. Il en escamota de longues parties afin de ne pas l'ennuyer et évita de lui parler de son voyage dans les Enfers. Il raconta comment il avait connu

Béorf, puis il dit quelques mots sur Lolya, mais évita de parler de la gorgone, de peur de ne pas être pris au sérieux.

– Comme ça, tu contrôles les éléments? lança Aélig, incrédule.

– Oui…, affirma Amos. J'ai une parfaite maîtrise du feu et c'est ainsi que j'ai fait chauffer les pierres sur lesquelles a grillé le thon.

– Et tu commandes aussi au vent?

– Regarde ceci!

Le porteur de masques leva la main et provoqua une bourrasque qui fit vaciller le feu des torches autour d'eux.

– C'est vraiment toi qui as fait cela? s'étonna Aélig.

– Je recommence alors… juste pour toi!

Une deuxième bourrasque vint aussitôt souffler tout autour de la table.

– Et le feu aussi! Tu contrôles réellement le feu?

– Pour le feu, confia Amos, c'est beaucoup plus simple. Je n'ai pas à bouger beaucoup, juste à penser… Regarde!

D'un seul coup, toutes les torches s'éteignirent. Après quelques secondes, Amos les ralluma une à une d'un simple petit mouvement de l'index.

– Tu es vraiment un très grand magicien! s'exclama Aélig, émerveillée.

– Ce n'est rien encore… Si je trouve les pierres qui me manquent et si je mets la main sur le masque de l'éther, je serai beaucoup plus puissant.

– Imagine le nombre de filles que tu pourrais impressionner avec ta magie ! se moqua gentiment Aélig.

– C'est vrai… Je n'avais jamais pensé à cela ! fit Amos, amusé. Dis-moi, est-ce que ça fonctionne avec toi ?

– Euh… très fort, avoua l'icarienne en riant. Et comment je fais, moi qui ne suis pas magicienne, pour t'impressionner ?

– Tu n'as qu'à sourire…

Une grande vague vint mouiller les pieds des jeunes amoureux.

– Nous devrions bouger d'ici ! s'écria Amos. Ou alors, notre dessert sera vraiment à l'eau !

– Mais avant, je voudrais te dire que ce repas était une merveille… tout comme… tout comme le baiser que nous avons échangé à mon réveil.

– C'est gentil. Pardonne-moi d'avoir été si bête ensuite… Je ne savais pas quoi dire et… et j'ai dû te paraître bien stupide !

– Et moi, j'avais peur que tu regrettes, que tu me trouves repoussante. Les humains considèrent souvent les icariens comme ridicules… C'est pour cela que nous… que nous les… Enfin… ça n'a pas d'importance. Je suis bien avec toi, Amos…

– Moi aussi, confia le garçon sans pudeur. Ta présence à mes côtés me remplit de joie et…

Les jeunes amoureux se regardèrent droit dans les yeux et, ensemble, se levèrent doucement de table. Leurs mains s'entrelacèrent alors que leurs bouches s'approchèrent délicatement l'une de l'autre. C'est à ce moment qu'Amos eut la forte impression d'être épié. Il regarda furtivement autour de lui et remarqua plusieurs formes humanoïdes dans le ciel. Il esquiva le baiser d'Aélig et lui glissa à l'oreille :

– Garde ton sang-froid, nous sommes encerclés.

3
La lance d'Odin

Béorf, Médousa, Lolya, Maelström et Geser regardaient Gungnir, la lance d'Odin, avec étonnement. La jeune nécromancienne l'avait habilement nettoyée afin de lui redonner son éclat et, tout comme le gant de fer qui servait à la projeter, elle resplendissait. Sa pointe en acier doré était finement incrustée de délicates feuilles de frêne. Son manche de bois, renforcé de centaines d'anneaux, arborait les mêmes motifs. Le gant, sans lequel Gungnir était impossible à manier, avait été forgé avec le même souci de finesse et d'élégance.

– Voilà le travail terminé, Béorf, annonça Lolya, contente du résultat de ses efforts. Elle est à toi maintenant. J'ai bien pris soin de la restaurer dans le respect de son aura magique. Je dois avouer que ç'a été assez facile. Elle était poussiéreuse, mais pas très abîmée. Cet objet a été créé pour résister au temps…

– Merci beaucoup, dit Béorf, reconnaissant. Et qu'est-ce que je fais maintenant?

– Tu la prends et tu vas unir les peuples vikings ! répliqua Médousa en riant. C'est ton destin !

– Bien… très bien, marmonna le gros garçon. Et je fais comment, moi, pour unir les peuples vikings ? J'arrive et je dis : « Bonjour, je suis Béorf Bromanson et comme la fin du monde approche, j'ai pensé unir les peuples du Nord pour une grande bataille » ?

– Hum…, fit Maelström, je doute de l'efficacité de cette technique. Il faudrait peut-être quelque chose de plus grandiose, une arrivée à dos de dragon peut-être ?

– Béorf ne supporte pas de voler ! lui rappela Médousa. Lorsque nous t'avons ramené en ballon de l'île de Freyja, Maelström, Béorf a failli mourir de peur !

– Pas de peur, mais de maladie ! grogna l'hommanimal. J'ai été malade…

– Je sais ! répondit la gorgone. Ne sois pas si susceptible ! Je blague un peu, c'est tout !

– Sérieusement, Béorf a bien raison de se demander quoi faire, commenta Geser. Si j'étais à sa place, je me poserais les mêmes questions ! Unir les peuples vikings ne sera pas une mince tâche !

Un court silence s'imposa au sein du petit groupe. Chacun réfléchissait à d'éventuelles façons d'aider Béorf.

– Et si tu l'essayais ? proposa Lolya.

– Essayer quoi ? demanda Béorf.

– Mais la lance !

– Tu veux que j'essaie Gungnir ?

– Pourquoi pas ? lança Maelström, ce serait un bon départ…

– Nous pourrions voir si cette lance a autant de force que la légende le prétend, se réjouit Médousa.

– Euh… je… je ne sais pas…, dit Béorf. Ce n'est pas un peu imprudent ?

– Il faudra bien que tu l'essaies un jour, renchérit la gorgone, alors pourquoi pas tout de suite ?

– Sortons de cette forteresse et allons dans les bois. Je connais un endroit qui sera parfait pour cette expérience ! suggéra Geser. Il est temps de voir ce que cette arme est capable de faire et si nous avons raison de croire qu'elle est bien la Gungnir de la mythologie.

Béorf enfila le gant et s'empressa de ramasser la lance. Visiblement nerveux, il suivit ses amis jusqu'à une clairière qui se trouvait à quelques minutes de marche dans la forêt.

– Voilà, c'est ici ! fit Geser. Cet endroit est un ancien camp d'entraînement béorite. Il y a là de grosses pierres que soulevaient les guerriers pour raffermir leurs muscles, quelques vestiges d'arènes de lutte, et ce bâtiment, là-bas, est une ancienne forge.

– Cette clairière est un endroit parfait pour entraîner une armée! murmura Médousa à l'oreille de Béorf. Quand le temps sera venu, nous remettrons le camp en place!

– Tu vois beaucoup trop loin! soupira le gros garçon. Pour l'instant, contentons-nous d'essayer la lance…

Geser alla adosser une vieille cible décrépite à un gros chêne.

– Tu vois le dessin au centre, Béorf? demanda-t-il.

– Oui, je le vois bien! répondit le garçon. On dirait la silhouette d'un faisan!

– Peu importe ce que c'est, poursuivit Geser en s'éloignant de sa ligne de tir, ESSAIE DE VISER LE CENTRE!

– Je vais essayer, mais je ne garantis rien! l'avertit Béorf, sceptique. Je n'ai jamais utilisé ce type d'arme.

– Alors, fais de ton mieux, Béorf! l'encouragea Médousa.

– Oui et, après tout, ce n'est qu'un jeu! ajouta Lolya.

Béorf fit quelques pas en arrière, puis il s'élança. La lance vola dans les airs et, manifestement trop lourde, retomba seulement à quelques enjambées devant lui.

– Hum… mes félicitations, cher frère, ironisa Maelström, c'est un franc succès! Et si tu réessayais en y mettant un peu de cœur cette fois?

– Mais je ne sais pas comment utiliser cette lance correctement, protesta Béorf. Et… et je… et je me sens ridicule.

– RECOMMENCE, BÉORF! hurla Geser de loin. CETTE FOIS SERA LA BONNE!

À contrecœur, le gros garçon ramassa l'arme et fit un nouvel essai. La lance se rendit légèrement plus loin, mais guère plus. Médousa s'approcha alors de son ami.

– Je crois pouvoir t'aider…, lui chuchota-t-elle. Pense aux sentiments que nous ressentons l'un pour l'autre et au bonheur que nous avons d'être…, disons… euh… de partager ensemble notre vie de tous les jours. Pense aux sentiments que tu avais lorsque tu as fait le souhait de me revoir alors que tu voguais avec Amos vers l'île de Freyja.

– Et tu crois que cela pourra m'aider? demanda Béorf.

– Tu ne perds rien à essayer…

Béorf sourit à son amie et empoigna de nouveau la lance. Il ferma les yeux et se concentra sur ses sentiments pour Médousa. Curieusement, ce fut Sartigan qui s'imposa à son esprit. Le vieux maître lui avait déjà raconté une histoire qui, maintenant, lui revenait en mémoire :

– C'est l'histoire d'un roi, avait dit Sartigan, qui depuis trois ans n'avait pas participé aux affaires de son peuple et qui fut interpellé à ce sujet par un de ses conseillers. L'homme fit habilement remarquer au régent qu'un oiseau s'était niché sur le toit du palais et qu'en trois ans, il n'avait ni volé ni chanté. Le conseiller espérait que son maître comprenne la métaphore et lui fournisse des explications. Le roi saisit tout de suite le sous-entendu et lui répondit : « Cet oiseau n'a ni volé ni chanté depuis trois ans pour fortifier ses ailes et étudier le monde autour de lui. Lorsqu'il sera prêt, il crèvera les cieux d'un unique coup d'aile et fera trembler la terre d'un seul cri. »

– Mais qu'est-ce que ça veut dire ? avait alors demandé Béorf.

– Cela signifie, lui avait répondu le maître, qu'il vaut mieux attendre d'être prêt avant d'entreprendre quoi que ce soit ! Es-tu prêt, Béorf, à déchirer le ciel et à faire trembler la terre ?

Le gros garçon bougea les lèvres et répondit « oui » à voix haute. Il comprenait maintenant pourquoi Sartigan lui avait raconté cette histoire. Depuis sa rencontre avec Amos, Béorf avait été un compagnon dévoué et fidèle. Il s'était joint à la quête de son ami, mais, comme l'oiseau du conte de Sartigan, il n'avait jamais volé de ses propres ailes ou chanter de sa propre voix. L'équilibre du monde, c'était la mission du porteur de masques, pas la sienne! Il devait maintenant prendre en main sa propre quête et réussir à unir les peuples vikings. Mais auparavant, cette lance devait lui obéir et atteindre la cible! Il était temps de déchirer le ciel et de faire trembler la terre!

Béorf serra les dents et propulsa la lance de tout son cœur en direction de la cible. À sa grande surprise, l'arme vola en droite ligne et toucha directement son but dans un coup de tonnerre assourdissant. Au moment où la pointe de la lance se ficha dans la cible, un éclair blanc perça les nuages et s'abattit sur le chêne. L'arbre se brisa en mille miettes sous les yeux ahuris de Béorf. Une bonne dizaine d'éclairs frappèrent à leur tour la cible par terre et calcinèrent une partie de la clairière. Geser eut tout juste le temps de déguerpir pour ne pas griller sur place.

– Euh…, fit Béorf, je crois que… je crois que, cette fois, j'ai réussi…

Lolya ravala en silence, Maelström demeura sans voix et Médousa, bouche bée, souffla un «ouf» à peine audible. Un peu plus loin, Geser, qui s'était accroupi, n'osait plus bouger.

Devant eux, la lance était maintenant plantée à l'horizontale au centre d'un petit cratère autour duquel les restes calcinés de l'arbre et de la cible se consumaient encore. L'atmosphère était chargée d'électricité. L'arme agissait comme une antenne qui, à l'inverse d'un paratonnerre, invitait la foudre à frapper tout autour d'elle.

– Fais quelque chose, Béorf, murmura Médousa. Si je bouge, j'ai l'impression que je serai foudroyée !

– Même chose pour moi, ajouta Lolya à voix basse.

– Je suis certain que le ciel m'observe et qu'il guette chacun de mes mouvements, déclara lentement Maelström.

– Bizarre ! fit Béorf. Je me sens plutôt bien, moi…

– Ce doit être le gant qui te protège, expliqua Lolya, tandis que l'électricité ambiante commençait à faire lever ses cheveux.

Geser décida de se lever pour aller les rejoindre. Après réflexion, le béorite en était venu à la conclusion qu'il n'y avait probablement plus de danger. Pour l'une des rares fois dans sa vie d'homme des bois, il avait mal jugé la nature. Dès qu'il fut debout, un éclair fulminant déchira le ciel et s'abattit de plein fouet sur lui. La force de la décharge électrique le cloua sur place, puis il tomba mollement au sol, inanimé!

– PÈÈÈÈÈÈÈÈÈÈÈRE! hurla Maelström, paniqué.

– NE BOUGE PAS! lui ordonna d'emblée Lolya. IL POURRAIT T'ARRIVER LA MÊME CHOSE!

Des larmes coulèrent sur les joues de Médousa.

– BÉORF! cria Lolya. FAIS QUELQUE CHOSE!

– Quelque chose, oui, mais quoi?

– LA LANCE! RÉCUPÈRE LA LANCE!

Le gros garçon courut aussitôt vers Gungnir. Un champ électrique entre la lance et le gant de Béorf les surprit tous. De grandes arches électromagnétiques de couleur bleue envahirent la clairière dans une danse ionisée d'ondes positives et négatives. Dès que Béorf mit sa main gantée sur la lance d'Odin, tout s'arrêta net. L'air redevint normal et perdit instantanément sa charge électrique.

Tous se précipitèrent vers Geser. Le pauvre béorite tremblait de tout son corps et il était couvert de plaques rouges. Il avait les yeux exorbités et émettait sans arrêt de petits sons gutturaux. Ses bottes avaient été pulvérisées et

Lolya remarqua que ses orteils saignaient abondamment. Il n'avait d'ailleurs plus d'ongles aux mains ni aux pieds.

– Vite! À la forteresse! lança Lolya à ses amis. Il faut soigner rapidement ses blessures et mes herbes sont là-bas!

Maelström s'exécuta et, en quelques coups d'ailes, il transporta Geser à la forteresse. Cette avance permit au dragon d'installer convenablement son «père», afin de faciliter la tâche de la nécromancienne. Une fois sur place, la jeune Noire commença son traitement par un rituel capable de tenir les guèdes en respect, puis prononça quelques formules plus compliquées afin de stabiliser l'âme choquée du béorite. Le foudroyé arrêta alors de trembler et son corps se détendit. Il cessa d'émettre de curieux sons de gorge et ses yeux reprirent une taille normale.

Pendant ce temps, aidée de Béorf, Médousa avait pansé les mains et les pieds du malade. Maelström, quant à lui, s'était retiré dans un coin de la pièce pour regarder l'évolution des traitements. Puis, contre toute attente, Geser demanda à parler à son «fils». Anxieux, le dragon s'avança et posa délicatement sa tête sur le torse du béorite.

– Écoute bien, articula difficilement Geser. Écoute bien ce que j'ai à te dire, c'est très…

important. Si je meurs aujourd'hui, Maelström, je veux… que tu saches que tu as été pour moi la plus belle chose qu'il me soit arrivé. Bien que nous ne… soyons pas de la même race, du même sang ou… encore de la même famille, bien que rien au monde ne prédisposait un béorite à élever un dragon, je… me considère réellement comme ton père… et donc, tu es mon fils… Pourquoi? Parce les véritables parents ne sont pas ceux qui font les enfants, ce sont ceux qui les aiment… et moi, je t'aime…

Geser referma les yeux, et son cœur s'arrêta. Maelström, en larmes, se retourna vers Lolya et dit:

– S'il te plaît, ma sœur, ranime-le… Je ne veux pas être orphelin.

4
La cité de Pégase

Amos avait raison, Aélig et lui étaient vraiment encerclés. Partout autour d'eux, des dizaines de formes tournoyaient dans les airs. Le garçon pensa tout de suite aux harpies. Elles devaient être revenues en plus grand nombre pour se venger et reprendre Aélig. Le porteur de masques murmura alors à l'oreille de l'icarienne :

– Ne t'inquiète pas, personne ne te fera de mal.

Il s'éloigna d'elle. Quelques arcs claquèrent. En utilisant ses pouvoirs sur le vent, Amos s'enveloppa d'un tourbillon d'air et fit dévier les cinq flèches qui lui étaient destinées. Afin de bien voir ses ennemis, il fit apparaître une colonne de feu qui s'éleva comme le jet de flammes d'un dragon. Une dizaine de créatures volantes, armées de puissants arcs, furent aveuglées par l'intensité du brasier. Profitant de quelques secondes de répit, le garçon ordonna à l'eau de se joindre à la bataille. Deux grands tentacules liquides sortirent alors de la mer et s'emparèrent, comme une pieuvre attaque ses proies, de deux archers volants qui firent un prodigieux plongeon dans l'eau salée. Ils étaient hors de combat.

«Plus que huit, maintenant!» pensa Amos.

D'un mouvement de bras, le porteur de masques créa une bourrasque descendante dans laquelle s'empêtrèrent les ailes de trois autres ennemis. Ces derniers s'écrasèrent dans les arbres en poussant des cris d'effroi.

– Attention, sales harpies! les menaça Amos. Je commence à peine à me réchauffer!

D'un élan, il fit un splendide bond dans les airs et attrapa la jambe d'un ennemi. Trois flèches sifflèrent tout près de lui, mais sans l'atteindre. Amos enflamma les plumes de son adversaire avant de relâcher sa prise et de culbuter sur la plage. Dans un rapide mouvement, il saisit deux torches et, dans une roulade digne d'un acrobate de cirque, les lança au visage de ses attaquants. À ce moment, Aélig hurla:

– ARRÊTE, AMOS! CE SONT DES ICARIENS! CE SONT MES SEMBLABLES!

Déconcerté, le garçon eut alors un moment d'hésitation et la flèche d'un icarien lui transperça la jambe.

– NOOOON! hurla de plus belle Aélig en courant vers Amos. ARRÊTEZ DE VOUS BATTRE, C'EST UN ORDRE!

Le porteur de masques tomba à genoux sur la plage. Heureusement, le masque de la terre inonda la blessure d'Amos d'une épaisse couche de boue.

– NON! Non! fit Aélig en se jetant sur son ami. Je suis désolée… Je… Amos…

– Ne t'inquiète pas, lui dit Amos en souriant. J'ai déjà eu beaucoup plus mal! Ce n'est rien…

– Mais… mais tu es blessé! s'écria la fille, complètement désemparée.

– Ce n'est rien, assura le garçon en serrant les dents de douleur.

Il retira la flèche de son corps comme s'il s'agissait d'une écharde.

– Tes pouvoirs sont… Ils sont… comment dire?… divins! s'émerveilla Aélig. Serais-tu un dieu?

– Les Phlégéthoniens qui vivent dans les Enfers me louent comme si j'en étais un, fit Amos avec un sourire. Mais rassure-toi, je ne suis pas un dieu et je n'en serai jamais un! J'ai déjà pris ma décision à ce sujet…

– Mais qui es-tu alors?

– Je suis un porteur de masques… Mais laisse-moi te retourner la question. Toi, qui es-tu? Pourquoi ces guerriers t'obéissent-ils?

Les icariens, déplumés ou complètement trempés, encerclèrent Amos et Aélig.

– Demeurez à distance ! ordonna la jeune fille. Je ne suis pas en danger…

– Mais, princesse…, insista l'un d'eux, c'est un sans-ailes, un impur ! Nos lois sont claires à ce sujet !

– Si vous ne reculez pas immédiatement, je demanderai au sans-ailes de reprendre le combat, menaça l'icarienne, furieuse. Vous avez vu ce qu'il vous a déjà fait ? ALORS ?

L'archer baissa la tête et recula de quelques pas. Les autres l'imitèrent.

– Hum…, fit Amos. Si je comprends bien, tu es une princesse ? Pourquoi ne pas me l'avoir dit ?

– Parce que j'avais peur de toi, de ta réaction et de tes intentions. Tu aurais aussi bien pu décider de m'emprisonner pour demander une rançon à mon père !

– Je crois que nous avons encore beaucoup de choses à nous dire. Ce serait bien d'apprendre à mieux se connaître !

– Et un plaisir pour moi de te faire découvrir ma cité, si tu veux bien m'y accompagner.

À la suite de cette invitation, il y eut un mouvement de malaise dans les rangs des icariens.

– Nos lois sont strictes, princesse, lança l'un d'eux. Et vous connaissez le châtiment réservé à ceux qui désobéissent.

– Ce n'est pas moi qui ai décidé de fermer notre cité aux étrangers, protesta Aélig. Sans ce garçon, je serais morte à l'heure actuelle et vous seriez rentrés les mains vides pour affronter la colère de mon père. Vous êtes responsables de ma sécurité et vous avez failli à votre devoir…

– Mais…, l'interrompit l'un des icariens, vous vous êtes délibérément enfuie du palais ! Que pouvions-nous faire ?

– TAISEZ-VOUS QUAND VOTRE FUTURE REINE PARLE ! s'emporta Aélig. Une princesse a bien le droit de faire des balades dans le ciel quand bon lui semble. Les harpies m'ont enlevée durant ma promenade parce que le royaume était mal sécurisé ! Voilà tout !

– Très bien, pardonnez-moi, vous avez raison…

– Maintenant, comme je viens tout juste d'inviter ce très charmant sans-ailes à visiter la cité de Pégase, j'attends de vous une complète coopération ! Je sais que nos lois interdisent cette pratique et que seuls les elfes sont autorisés à nous rendre visite. Malgré cela, je désire qu'Amos Daragon, ici présent, reçoive une récompense pour sa bravoure et son courage.

Puis, en se retournant vers Amos, Aélig murmura à son intention :

– De plus, je te trouve très mignon et il est hors de question que je t'abandonne ici…

– C'est un mage…, lança timidement l'un des gardes, il vous a ensorcelée !

– Mais qui t'a autorisé à émettre une opinion, toi ? lui demanda Aélig en le dévisageant.

– Je crois que…

– JE ME BALANCE DE CE QUE TU CROIS ! coupa la princesse, de nouveau en colère. Vous n'êtes pas là pour faire des commentaires, mais pour obéir ! Nous partirons demain matin ! Vous monterez la garde toute la nuit et vous confectionnerez un filet de lianes pour transporter mon invité vers la cité…

– Mais non, Aélig, intervint Amos. Ils n'auront qu'à utiliser celui que j'ai déjà fait et qui me sert de refuge.

– Voyez comme il est charmant ! fit Aélig en regardant ses guerriers. Il vous évite même du travail ! Maintenant que vous avez gâché notre dîner, je vais aller dormir. NE TROUBLEZ PAS MON SOMMEIL !

***

La cité de Pégase était une ville splendide taillée au sommet de la haute montagne des massifs du centre du continent. Dédiée entièrement au culte de Pégase, elle se divisait en trois parties distinctes. Au sud, on trouvait la Ville impériale, le lieu de résidence de la majorité des icariens, et, au nord, la Ville royale, où les nobles, les bourgeois et les familles de sang pur vivaient dans de luxueuses demeures. Au centre, s'élevant à plusieurs mètres au-dessus de la ville, trônait la Ville pourpre, la demeure du roi et de ses sujets. Ces trois enceintes étaient entourées par un gigantesque mur lisse et droit, construit de façon à ce qu'aucun ennemi ne puisse l'escalader. La cité de Pégase était un joyau caché dans les nuages, une perle inaccessible aux sans-ailes.

Durant la nuit qu'ils avaient passée à discuter, Aélig avait raconté à Amos que sa ville comptait environ quarante mille icariens dont plus des deux tiers peuplaient la Ville impériale. Seuls les gens aisés pouvaient se permettre de vivre dans la Ville royale, le prix des habitations y étant très élevé. Quant à la Ville pourpre, réservée exclusivement au roi et à sa cour, très peu d'icariens avaient l'honneur d'y être invités. Il était même interdit de la survoler sous peine d'être abattu en vol.

– C'est dommage que les icariens ne puissent pas la voir, lui avait confié Aélig, car la Ville pourpre est une merveille. Elle est entièrement rouge et or. Il n'y pleut presque jamais et, tous les matins, ce sont les nuages qui déposent une abondante rosée sur les gigantesques jardins du palais du roi. Il y a près de soixante bâtiments dont tous les habitants occupent une fonction auprès de mon père. Je te montrerai ma maison ! C'est l'une des plus belles de la Ville pourpre.

– Mais comment accède-t-on à cette partie de la ville si personne n'a le droit de la survoler ? lui avait demandé Amos.

– C'est simple, nous y accédons par la porte du Midi ! Je t'explique… C'est l'entrée principale de la Ville pourpre, comme une large piste d'atterrissage ! Elle donne sur cinq portes qui mènent à différents endroits, soit au Palais du trône, au Pavillon de lecture, au Temple du culte de Pégase, aux urnes dynastiques et aux résidences royales. Et il y a toujours à cet endroit une impressionnante quantité de soldats !

Amos, les yeux mi-clos, écoutait avec délectation les descriptions d'Aélig. La jeune princesse l'avait recouvert d'une de ses ailes et sa voix, douce et mélodieuse, lui réchauffait l'âme. C'est ainsi qu'Amos avait appris qu'il y avait peu de rues dans la cité de Pégase. Quelques chemins, très étroits et souvent mal entretenus, avaient jadis été construits pour les handicapés réduits à utiliser leurs jambes plutôt que leurs ailes. Mais, heureusement, dans la Ville pourpre, tout se faisait à pied étant donné l'interdiction de la survoler!

Amos apprit aussi que les icariens accordaient beaucoup d'importance à l'art, à la philosophie et aux mathématiques, trois disciplines connexes pour leur culture. La cité de Pégase regorgeait d'artistes et de penseurs, de professeurs et d'intellectuels, d'hommes de lois et de prêtres. Vu son emplacement et sa conception, elle n'avait jamais été menacée par de réels ennemis. Se sentant en sécurité, ses habitants s'étaient naturellement éloignés des métiers de la guerre. Il y avait bien une armée, mais ses soldats étaient peu entraînés et, malgré leur indéniable talent d'archers, ils n'avaient pas dans leurs rangs de grands stratèges militaires ou, dans leur histoire, de grandes batailles historiques à commémorer. De toute évidence, les icariens considéraient les sans-ailes comme des êtres inférieurs, mais ne semblaient pas prêts à mener une guerre contre eux. Ils se contentaient de vivre dans leur cité, tout en minimisant les contacts avec le monde extérieur.

Au dire d'Aélig, la cité de Pégase était un endroit où régnaient la justice et l'ordre. Le roi avait le droit de vie ou de mort sur ses sujets, mais n'en abusait pas. Les prisons de la cité étaient peu peuplées et les icariens se pliaient volontiers aux exigences de la loi et de l'autorité.

– Mais là-haut, avait demandé Amos, intrigué par les descriptions d'Aélig, vous ne pouvez pas faire d'agriculture ou d'élevage? Que mangez-vous?

– Mais des sans-ailes! s'était moqué Aélig. Nous les faisons cuire dans de grandes marmites, mais la plupart du temps nous les dévorons vivants!

– Je comprends mieux pourquoi tu désires que je t'accompagne!

– Sérieusement, nous élevons du poisson dans de gigantesques lacs qui se trouvent au cœur de la montagne et nous cultivons d'innombrables variétés de mousses et de champignons. Nous avons aussi de grands vergers situés sur d'autres montagnes autour de la cité. En plus, nous commerçons avec les korrigans et nous leur achetons du maïs et de grandes quantités de lait et de fromage.

– Les korrigans?

– Ce sont de petits êtres très laids qui vivent au pied des montagnes. Ils sont sans le moindre intérêt.

Les premières lueurs du jour étaient alors apparues.

– Tu te rends compte, nous avons discuté toute la nuit! lui avait dit Amos.

– Si je m'en rends compte? Pas très bien, non! Le temps passe si vite avec toi… Je te connais à peine et j'ai déjà l'impression d'avoir vécu la moitié de ma vie en ta compagnie.

– Je ressens la même chose, avait avoué le garçon, ému.

– C'est la première fois que ça m'arrive. Je crois être tombée amoureuse de toi…

– Amoureuse d'un sans-ailes? s'était moqué Amos. Je crois bien que c'est contre vos lois, n'est-ce pas? J'ai fait de toi une criminelle et ton père va sûrement être très fâché si tu me ramènes dans la Ville pourpre, tu ne crois pas?

– Je me fiche de ce qu'il pense! Je suis la prochaine reine qui dirigera la cité de Pégase et je dois commencer à faire valoir mes idées et mes points de vue. Une princesse a bien le droit d'avoir des amis, même s'ils ne sont pas icariens! Je désire de tout mon cœur que tu m'accompagnes, à moins que tu n'aies d'autres plans.

Amos avait eu d'autres plans, mais ils s'étaient volatilisés dès le premier baiser échangé avec Aélig. Il avait pensé aller à

Upsgran dans l'espoir d'y retrouver ses amis, mais il ne pouvait plus maintenant se résigner à partir sans l'icarienne. L'invitation d'Aélig était trop alléchante pour être ignorée. De plus, le garçon avait très envie de visiter la cité et de connaître ses habitants. Il semblait y avoir tant de merveilles qu'Amos se serait trouvé bête de ne pas saisir l'occasion d'y jeter un coup d'œil.

Dans la seconde suivante, il pensa à sa mère, Frilla, et son visage s'assombrit. Il ne l'avait pas revue depuis sa capture par les bonnets-rouges et elle lui manquait terriblement. Que lui était-il arrivé? Avait-elle réussi à fuir El-Bab? Amos s'était juré de la retrouver...

«Avant de quitter cet endroit pour la cité de Pégase, se dit-il, je lancerai deux sphères de communication. L'une pour Béorf et l'autre pour ma mère. Même s'ils ne peuvent pas me répondre, ils sauront que je suis vivant et que je vais bien. J'espère seulement qu'elles pourront les atteindre.»

5
Les assassins

Il était minuit passé lorsque Sartigan s'éveilla en sursaut. Depuis son arrivée à Berrion avec Frilla, le vieux maître dormait dans une des écuries du seigneur Junos. Ce dernier avait eu beau insister pour que son invité s'installe au château dans une chambre confortable, Sartigan avait, chaque fois, refusé poliment. Le vieillard préférait l'odeur du fourrage humide aux draps repassés et la fermeté d'un plancher de terre battue au soi-disant confort d'une paillasse.

À la suite des ravages provoqués par Amos, Berrion avait été reconstruite en un temps record. Gwenfadrille, du bois de Tarkasis, avait envoyé discrètement ses fées pour aider Junos dans cette accablante tâche. Grâce à leurs pouvoirs sur le temps, elles avaient fait en sorte d'accélérer les travaux, et les résultats étaient saisissants. La ville avait presque doublé de taille ! Frilla y avait été accueillie à bras ouverts et Sartigan, malgré ses manières un peu brusques et sa terrible haleine, avait été, lui aussi, reçu comme un frère.

Le vieil homme se leva donc sans faire de bruit et enfila son éternelle bure orangée. Il fit quelques étirements afin de réveiller ses muscles, puis il enchaîna avec de longues respirations vivifiantes. Il prit ensuite un fer à cheval posé sur l'enclume du forgeron, près des braises encore rougeoyantes, et sortit discrètement de l'écurie. Sartigan se plaça alors au centre de la cour du château, regarda quelques instants la lune et ferma les yeux.

« Je les sens… Ils sont cinq… Cinq assassins… Le vent m'apporte une forte odeur de transpiration, probablement un nouveau dans le métier. Un autre est blessé à la jambe, je perçois sa démarche boiteuse. Les trois autres sont des experts, ils glissent contre les murs comme des serpents, mais leur souffle est perceptible. »

Juste derrière lui, le vieillard entendit le son distinctif d'un tir de sarbacane. Rapide comme l'éclair, il se retourna en attrapant dans le tissu de sa bure un dard, sans doute empoisonné. Feignant un malaise, il s'effondra et se fit passer pour mort. Un homme s'approcha alors de lui en claudiquant.

– Désolé, mon vieux, tu n'étais pas au bon endroit au bon moment, marmonna-t-il en l'empoignant par les bras pour le tirer dans un coin sombre.

– Désolé, car c'est toi qui as choisi le mauvais vieux au mauvais moment, répliqua soudainement le maître en sautant sur ses deux pieds.

– Mais je… !

Sartigan enfonça ses deux doigts dans les narines de son adversaire et lui souleva la tête en le menaçant de lui arracher le nez.

– Réponds vite ! ordonna-t-il. Qui êtes-vous et que voulez-vous ?

– Je suis seul et…

– Je t'avertis, ne me mens pas. Vous êtes cinq, je l'ai bien senti…

L'attention du maître fut alors attirée par une ombre qui passait à toute vitesse sur la muraille du château. Il abandonna aussitôt sa prise et lança de toutes ses forces dans cette direction le fer à cheval qu'il avait gardé avec lui. Le projectile fendit l'air comme une flèche et heurta violemment l'homme à la tête. Désorienté par le coup reçu, celui-ci culbuta de l'autre côté du mur. Le son de l'atterrissage laissa présager qu'il s'était brisé les os.

– Je disais donc, reprit Sartigan en attrapant de nouveau son adversaire par le nez, que vous êtes… maintenant quatre…

– D'accord… d'accord… Nous sommes venus assassiner Junos, seigneur de Berrion.

– Et qui vous envoie ?

– Je l'ignore… je le jure…

– Très bien, conclut Sartigan, alors bonne nuit !

– Bonne nuit ?

Le maître frappa vivement le visage de l'homme qui, assommé, tomba à la renverse.

En deux temps, trois mouvements, Sartigan s'élança vers l'entrée du donjon, mais fut arrêté dans sa course par l'un des tueurs. Posté à cet endroit pour y monter la garde, l'homme dégaina un kriss dont la lame, ruisselante de poison, faillit toucher le maître. En utilisant le mouvement et la force de son adversaire, Sartigan lui tordit habilement le bras, au point de lui disloquer l'épaule.

Le vieux maître avait une façon exception-nelle de se battre. Il utilisait spontanément la force de ses adversaires à son avantage et parvenait de cette façon à les mettre hors d'état de nuire. Cette technique, vieille de plusieurs millénaires, n'était connue que des chasseurs de dragons de son pays. Lorsqu'il synchronisait son mouvement et celui de l'attaquant, l'énergie d'action retournait alors à sa source en esquintant ses adversaires. Pour pratiquer cet art, il fallait connaître les lois naturelles du mouvement et les techniques d'esquive afin de coordonner avec précision une riposte sans y mettre de force. Sartigan avait appris de son maître que l'agression est toujours le produit de la peur et de l'insécurité. Il était donc à l'affût de l'émotion de son adversaire, afin de garder lui-même sa vivacité d'esprit et d'action.

L'assassin tenta alors, de son bras intact, de frapper Sartigan. Encore une fois, le maître se servit de la puissance de son adversaire pour rediriger le coup de poing dans le mur où le malheureux se fit exploser les jointures. La douleur lui fit perdre aussitôt connaissance. Le vieillard s'empara du kriss et se dirigea vers les appartements de Junos.

Sur son chemin, Sartigan croisa quatre gardes du donjon qui gisaient sur le sol. Les pauvres avaient probablement eu le malheur de se trouver sur la route des assassins. Ils avaient dû aussi chèrement essayer de défendre leur peau.

Arrivé en haut de l'escalier qui menait aux appartements du seigneur, Sartigan s'arrêta net. Ils étaient deux, là, au bout du couloir! Le maître vit un des assassins ouvrir la porte et pénétrer dans la chambre de Junos, alors que l'autre, qui venait d'apercevoir le vieillard, armait son arbalète. Le carreau fendit l'air et

Sartigan l'évita de justesse. À une vitesse prodigieuse, le maître s'élança vers son ennemi et le neutralisa d'une légère pression derrière la tête. Cette prise, mieux connue sous le nom de «grand barrage», avait pour conséquence de déplacer les vertèbres de l'adversaire et de lui bloquer la colonne vertébrale. L'assassin tomba immédiatement à genoux et s'immobilisa en hurlant de douleur. Tout à coup, un bruit d'éclat de verre retentit dans la chambre de Junos.

«J'espère qu'il n'est pas trop tard!» pensa Sartigan qui se précipita aussitôt dans la pièce.

À son grand soulagement, il vit que Junos avait la situation bien en main. Le seigneur, en chemise de nuit à rayures blanches et rouges assortie à un bonnet à gros pompon, était debout sur son lit à baldaquin et se tenait prêt pour une nouvelle attaque. En se tournant vers le vieillard, il hurla:

– Allez! Au suivant!

– Je ne pas suis un ennemi, seigneur Junos. C'est moi, Sartigan…

– Aaaaah! je me disais aussi que l'odeur me rappelait quelqu'un! dit Junos en baissant les bras.

– Tout va bien?

– Et comment que tout va bien! s'exclama le seigneur. Je viens de me débarrasser d'un type qui voulait me trancher la gorge… Je l'ai jeté par la fenêtre! Oh là là! Moi qui aimais tant ce vitrail…

– Ils étaient cinq, précisa Sartigan, j'en ai neutralisé quatre avant d'arriver à votre chambre.

– Sont-ils encore vivants?

– Je pense que oui… Enfin, au moins trois sur cinq, je crois.

– Avertissez mes gardes, maître Sartigan! ordonna Junos. Qu'on me les amène dans la salle du trône, j'ai quelques questions à leur poser! Pendant ce temps, je m'habille et je vous rejoins…

Le vieil homme donna l'alerte, et la garde du château de Berrion récupéra trois assassins mal en point et deux cadavres qu'ils amenèrent à leur seigneur. On ficela les vivants sur des chaises et Junos commença son interrogatoire:

– Qui vous envoie et pourquoi vouliez-vous me tuer?

Les trois hommes demeurèrent muets.

– Parlez ou vous en subirez les conséquences! menaça le seigneur.

– Nous sommes déjà morts, dit l'un d'eux. Nous ne parlerons pas, même sous la torture!

– Nous ne torturons pas les gens ici! s'indigna Junos. Berrion est une ville civilisée et nous laissons ces méthodes aux barbares.

Vous serez jugés selon nos lois et emprisonnés, peut-être même condamnés aux travaux forcés, mais votre vie ne sera jamais menacée. Par contre, si vous parlez, nous prendrons cet acte en considération lors du procès et votre peine sera moins lourde.

– Libérez-moi de ce mal au dos, dit celui qui souffrait le plus, et je parlerai! C'est insoutenable. Je vous dirai tout, mais… s'il vous plaît, faites cesser cette souffrance…

Sartigan s'approcha de l'assassin qui le suppliait et d'une simple pression à la nuque annula les effets de son attaque. L'assassin poussa un cri de libération et soupira de bonheur.

– Je n'avais jamais eu aussi mal de toute ma vie… ahhhhh! Quelle délivrance! Merci…

– Parlez maintenant! ordonna Junos. Qui êtes-vous? Et pourquoi vouliez-vous me tuer?

L'homme regarda ses compagnons avec honte, puis commença son récit:

– Nous venons de l'île d'Izanbred à l'ouest du continent, et appartenons à la secte des adorateurs de Baal. Nous sommes des moines; notre monastère est situé dans l'ancien duché de Goëleu, circonscrit à l'est et au nord par la baie de Brieuc, au sud par la rivière du Trieux et à l'ouest par les collines Kérarzik… Nous venons de l'abbaye de Portbo…

— Bravo pour la leçon de géographie ! s'impatienta Junos. Maintenant, répondez aux questions !

— Nous sommes venus reprendre ce qui nous appartient, c'est-à-dire la dague de Baal !

— La quoi ? fit le seigneur tout en regardant ses hommes. Quelqu'un ici leur a-t-il volé une dague, par hasard ?

— Cessez votre manège ! Vous savez très bien de quoi il est question ! s'écria l'assassin, furieux. Notre maître nous envoie récupérer la dague, ainsi que la porteuse de la dague.

— Sans vouloir vous offenser, dit Junos, vous avez frappé à la mauvaise porte !

— C'est impossible ! tonna celui qui semblait être le plus jeune des trois. Notre maître ne s'est jamais trompé ! Il a bien senti l'arrivée de la dague dans le monde des vivants et nous a ordonné de vous assassiner, puis de libérer la porteuse de vos prisons. Le seigneur Barthélémy, de Bratel-la-Grande, lui a même confirmé que c'est vous qui possédiez cette dague !

— Barthélémy ? s'étonna Junos. Mais… mais il a perdu la tête ! Je n'ai jamais eu cette dague en ma possession et mes prisons sont vides !

– SALE MENTEUR! cria l'autre assassin. Et pourquoi aurions-nous risqué ainsi notre vie?

– C'est bien ce que je me demande! répondit Junos, abasourdi par ces révélations. Et puis, je ne comprends rien à votre histoire… Enfin, je vous répète que je n'ai pas de dague, pas de porteuse de dague, et donc aucune raison d'être assassiné! Allez! Jetez-les-moi en prison! Nous éclaircirons cette affaire plus tard…

Les gardes saisirent les prisonniers pour exécuter les ordres du seigneur.

– Qu'en pensez-vous, maître Sartigan? Ces hommes déraillent ou c'est moi qui ne suis plus dans le coup?

– Chez moi, dit le vieillard, on dit souvent que les chiens n'aiment pas le bâton de la même façon que les hommes n'aiment pas la vérité!

– Encore une énigme! soupira Junos. Pourriez-vous être un peu plus précis… Je suis si fatigué de jouer aux devinettes.

– La vérité est devant vous et vous refusez de la voir!

– Mais je ne refuse rien du tout! Expliquez-vous, grand Dieu, que je retourne au lit pour finir ma nuit!

– Ces hommes sont des assassins, mais surtout les malheureuses victimes d'un complot contre vous. Leur maître, de mèche avec Barthélémy, les a envoyés pour vous éliminer. La dague n'était qu'un prétexte… voilà la vérité…

– Vous voulez dire que… ?

– … que ce Barthélémy veut votre peau ! Il reste maintenant à découvrir pourquoi.

– Mais c'est impossible ! s'indigna Junos. Je me refuse à penser que cet homme…

– Je vous l'avais dit, le coupa Sartigan, les chiens n'aiment pas le bâton, les hommes n'aiment pas la vérité ! Le bâton fait mal, la vérité aussi !

C'est à ce moment que Frilla Daragon fit une entrée remarquée dans la salle du trône. Vêtue de ses habits de nuit, décoiffée et les larmes aux yeux, elle cria :

– AMOS EST VIVANT ! AMOS EST VIVANT !

– Comment ça, vivant ? fit Junos. Vous aviez dit qu'il était mort à la tour d'El-Bab et voilà que…

– Je viens de recevoir un message de lui ! répliqua Frilla. C'était sa voix, dans mon oreille ! Il chuchotait !

– C'était un rêve, ma chère Frilla, juste un beau rêve…

– Non ! Une agitation dans le donjon m'a réveillée et comme je buvais un peu d'eau avant de me recoucher, j'ai entendu sa voix !

— Et que disait-il? demanda Sartigan, au comble du bonheur.

— Il disait qu'il était de retour des Enfers... ou de l'enfer, je ne sais plus... qu'il s'y était retrouvé à cause de la malédiction d'Enki... puis... puis...

— Prenez ma chaise, chère Frilla! lança Junos en lui désignant le trône. Calmez-vous et racontez lentement.

— Il a dit..., continua la femme en s'asseyant, il a dit qu'il se portait bien, qu'il espérait me retrouver bientôt. Puis il m'a annoncé qu'il partait en voyage vers la cité de Pégase, dans les montagnes. Aussi... Désolée, tout se bouscule dans ma tête...

— Prenez votre temps, lui dit tendrement Junos.

— Il a prononcé un nom... Aéliss ou Aélire... quelque chose comme ça. Une nouvelle amie, une princesse des vents, avec des ailes... Il a dit aussi avoir en sa possession une dague étrange...

— Quoi? s'étonna Junos. Ne serait-ce pas la dague de Baal, par hasard?

— OUI! C'est cela! s'exclama Frilla. C'est ce qu'il a dit... Vous êtes au courant de l'existence de cette arme?

Le seigneur fit quelques pas de côté, s'ébroua comme un cheval et lança, hébété:

– Décidément, cette histoire devient de plus en plus compliquée.

6
Le rodick

Suivant les ordres de la princesse, les icariens solidifièrent le filet de lianes d'Amos et le transformèrent en nacelle assez solide pour supporter deux passagers. Aélig y prit alors place et invita son ami à monter l'y rejoindre. Les hommoiseaux déployèrent leurs ailes et s'envolèrent vers les nuages en emportant avec eux la princesse et son invité.

– Wow! s'exclama Amos, c'est extraordinaire de voler!

– Tu n'avais jamais volé auparavant? lui demanda Aélig en lui prenant la main.

– Oui, une fois déjà, répondit le porteur de masques, lors d'un voyage en flagolfière, mais je trouve l'expérience toujours aussi fantastique!

– Qu'est-ce que c'est, une flagolfière?

– C'est un appareil inventé par Flag Martan Mac Heklagroen, un lurican inventif et très débrouillard!

– Une machine à voler!? s'étonna Aélig. Mais voyons, c'est impossible!

– C'est ce que je croyais aussi, dit Amos, mais je te jure que cette machine existe vraiment…

– Bon, si tu le dis… je te crois. Tu m'expliqueras son fonctionnement plus tard si tu veux. Regarde comme les montagnes sont jolies vues d'ici!

Devant eux, des dizaines de sommets enneigés perçaient, çà et là, l'épaisse couche de nuages.

– On dirait une mer blanche parsemée d'îles, s'émerveilla Amos. C'est à couper le souffle!

Au même moment, une vingtaine d'oies sauvages se joignirent au vol des icariens et entourèrent bientôt la nacelle.

– Elles sont en migration, expliqua Aélig. Ces oies nous utilisent comme bouclier contre le vent. Ainsi, elles économisent leurs efforts pour pouvoir voler plus longtemps. Ce sont des créatures très intelligentes!

– C'est incroyable de les voir voler si près de nous! lança Amos, fasciné. Je pourrais presque les toucher. Quelle force et quelle agilité! Elles se placent toujours dans le bon angle afin d'éviter les efforts inutiles. Tu as raison, ces oies doivent être très futées.

– Tu n'as encore rien vu, cher sans-ailes !
fit Aélig en riant. Regarde plutôt ça !

L'icarienne se lança hors de la nacelle et se
laissa tomber en boule, dans le vide, pendant
plusieurs secondes. Amos eut un vertige en
voyant son amie chuter, mais il se rappela vite
qu'elle avait des ailes. Rassuré, il s'installa
confortablement dans la nacelle et l'observa
attentivement.

Avec la grâce et l'élégance d'une balle-
rine, Aélig déploya ses ailes juste avant
d'arriver aux nuages. Du bout des doigts,
elle y traça de longs traits qui s'étirèrent
dans les cumulus, puis y plongea la tête la
première. Comme un dauphin qui s'amuse
dans l'onde, elle en émergea une bonne
dizaine de fois en exécutant des vrilles, des
pirouettes et des culbutes. Ses mouvements,
toujours énergiques, étaient accomplis avec
finesse et résultaient visiblement de plusieurs
années d'entraînement.

– C'est notre championne ! dit à Amos
l'un des icariens qui portaient la nacelle. Elle
est d'une rare élégance, n'est-ce pas ?

– Une championne ? s'étonna le garçon.
Faites-vous des compétitions de… de vol ?

– Bien sûr. C'est ce qu'on appelle le ballet
aérien, lui répondit avec fierté l'icarien. Tous
les ans, la cité de Pégase organise un grand

concours en l'honneur de notre dieu. Nous appelons ces festivités les Grandes Pégaseries! Il y a aussi des concours de sculpture et de philosophie, des jeux de force ou d'adresse, mais l'une des disciplines les plus appréciées des spectateurs est le ballet aérien. Depuis trois ans, Aélig est notre championne!

– Effectivement, elle est vraiment… épatante!

– On dirait qu'elle ne fait qu'un avec l'air, ajouta l'icarien. Quelle beauté de la voir!…

Aélig se cabra et remonta d'un trait vers la nacelle. La princesse exécuta alors un enchaînement de bonds aériens, puis une série d'étourdissantes rotations avant d'effectuer un ultime plongeon spectaculaire. Amos et les icariens applaudirent en sifflant d'admiration. L'excitation apeura les oies qui se détachèrent des hommoiseaux et, finalement, Aélig regagna la nacelle en quelques battements d'ailes.

– Alors…, dit-elle, essoufflée, en s'agrippant au filet. Tu as… tu as aimé?

– C'était spectaculaire! Je crois n'avoir jamais vu rien de si beau! fit Amos. Donne-moi la main que je t'aide à t'approcher!

– Rien de si beau?

Aélig rougit légèrement en prenant place près du garçon.

– Je crois que… ouf, je crois que tu exagères!

– Sincèrement, continua Amos, je crois qu'il n'existe pas de plus belle créature que toi dans ce monde. Tu as l'agilité et la grâce d'un oiseau, tu portes les couleurs des plus beaux couchers de soleil et chaque seconde en ta présence m'apporte une grande joie !

– Attention, jeune homme ! s'exclama Aélig, amusée. Vous parlez comme quelqu'un qui tombe amoureux !

– Je crois bien que… c'est fait, je suis effectivement tombé amoureux, lui murmura Amos à l'oreille.

– Je crois bien que… c'est réciproque, lui répondit Aélig en l'embrassant sur la joue. OH, REGARDE ! Tu vois, là-bas ? C'est la cité de Pégase !

– Le petit point au loin ?

– Oui, exactement ! Elle paraît toute petite mais, en réalité, elle est gigantesque !

– J'espère que ma présence ne te causera pas de problèmes, s'inquiéta le garçon.

– Mais non, rassure-toi ! Il est temps que les vieilles lois tombent et que les habitants de la cité se dépoussièrent un peu les idées…

Aélig avait raison, la cité de Pégase était gigantesque. Elle trônait comme un joyau oublié au sommet d'une immense montagne ceinturée d'épaisses couches de nuages. On apercevait la ville qui regorgeait de tours et de tourelles, de grandes places publiques et de monuments. Il y avait des centaines de fontaines, des jardins et des parcs, des boutiques, des écoles et d'énormes temples. En survolant la ville, on voyait que, partout, grouillaient des milliers d'icariens au physique et au plumage très différents.

– Tu verras, Amos, observe bien et tu remarqueras que la grande majorité des soldats icariens sont de la lignée des oiseaux de proie. Ils sont courts, forts et leurs ailes sont assez petites. La plupart des habitants que tu croiseras sont des descendants de grandes familles d'oies et de canards. Ce sont eux qui dirigent le commerce dans la cité ; ce sont de bons marchands et d'habiles négociants. Au palais, les meilleurs majordomes sont de la famille des pélicans, car il s'agit d'une espèce discrète et silencieuse. Tu verras aussi que les servantes les plus dévouées ressemblent à des grues. Elles sont très faciles à reconnaître avec leurs longues jambes !

– Et toi, à quelle lignée appartiens-tu ? demanda Amos.

– Moi, je suis de sang royal, voyons ! s'indigna faussement Aélig. Je descends du paon !

– Oh, désolé ! Je ne voulais pas t'offenser, s'empressa de corriger le garçon.

– Mais non, je ne suis pas fâchée, le rassura la princesse. Tu ne pouvais pas savoir! En fait, il y a deux lignées royales: la lignée des aigles huppés et celle des paons. Les icariens huppés – c'est ainsi qu'on les appelle à cause de leur huppe très caractéristique derrière la tête – ne détiennent plus le pouvoir depuis plusieurs générations, mais ils veulent toujours reconquérir le trône. Ils complotent constamment contre nous, mais les paons sont solides, logiques et beaucoup plus intelligents qu'eux. Nous déjouons facilement leurs petits complots! Nos légendes racontent l'arrivée d'une nouvelle reine qui bouleversera les croyances des icariens, unira les différentes lignées de notre race et participera à une grande union avec les sans-ailes.

– Et tu crois être cette reine?

– Je ne le crois pas, j'en suis certaine, déclara fermement Aélig. Les prêtres ridiculisent cette prophétie et préfèrent ne pas l'enseigner, mais, moi, je l'ai lue secrètement sur les rouleaux d'or et d'ambre! D'ailleurs, ma rencontre avec toi ouvre les portes d'une alliance entre les icariens et le monde aptère. Toi et moi sommes bien la preuve qu'il existe des atomes crochus entre nos deux races et que nous pouvons vivre ensemble dans la paix et… et…

– … dans l'amour?

– Et dans l'amour.

À ce moment-là, les icariens atterrirent sur la piste de la porte du Midi, l'unique accès à la Ville pourpre. La princesse et son hôte descendirent de la nacelle et furent accueillis par une impressionnante quantité de gardes. Des hommoiseaux, aux allures de faucons en chasse, pointaient agressivement leurs arcs en direction d'Amos. Le porteur de masques leva les mains et jeta un coup d'œil furtif autour de lui en prévision d'une fuite rapide. Ainsi que Aélig l'avait décrit, il y avait bien cinq portes derrière l'armée des archers. Cinq portes magnifiquement sculptées d'or et menant au Palais du trône, au Pavillon de lecture, au Temple du culte de Pégase, aux urnes dynastiques et aux résidences royales.

– BAISSEZ VOS ARMES! hurla Aélig, en colère. CE N'EST PAS UN ENNEMI, IL EST MON INVITÉ!

Les icariens, perplexes, se regardèrent du coin de l'œil, mais ne bronchèrent pas.

– JE VIENS DE VOUS DONNER UN ORDRE! insista la princesse, folle de rage.

– Un ordre qui a peu de poids contre celui d'un roi, fit un icarien aux couleurs éclatantes qui venait de se détacher du groupe.

– Père! Comme je suis contente de vous revoir!

— Moi aussi, petite impertinente! répondit le souverain en serrant les dents. Mais je suis fatigué de tes fugues à répétition, Aélig! Fatigué de tes crises de gamine! Fatigué de ton sale petit caractère et fatigué de ta constante désobéissance à nos lois!

— Oui, mais, père, je…

— NE M'INTERROMPS PAS QUAND JE PARLE, AÉLIG! se fâcha tout à coup le roi. Tu crois que tu peux tout te permettre? Tu crois que tu peux bafouer ainsi notre culture et notre peuple? Tu sais ce qu'il en coûte d'amener un sans-ailes ici? Le sais-tu?

— Oui, je le sais, mais si…

— ALORS, SI TU LE SAIS, POUR L'AMOUR DE PÉGASE, POURQUOI L'AVOIR FAIT? Ce sans-ailes sait-il que tu viens de le condamner à la mort? Je suppose que tu as oublié de le lui mentionner?

Même si Aélig et son père parlaient en icarien, le ton de leur discussion fit comprendre à Amos qu'il n'était pas le bienvenu. Il regarda derrière lui et constata qu'il se tenait à quelques pas du vide. Pour s'échapper, deux choix s'offraient à lui: les gardes armés devant ou le grand plongeon derrière! Choix difficile!

Puis le roi tourna la tête vers lui et lui demanda en langue nordique:

— Comment t'appelles-tu, sans-ailes?

– Je me nomme Amos Daragon, répondit le garçon en s'inclinant.

– Sais-tu que ma fille, Aélig, vient tout juste de te condamner à mort en t'amenant ici avec elle ? Nos lois sont strictes et stipulent que les sans-ailes qui foulent le sol de la cité de Pégase doivent être exécutés. Ceci est une question de sécurité pour nous protéger de la barbarie des races sans noblesse et sans morale. L'existence de cette cité doit demeurer secrète et tout étranger qui y pose le pied ne doit pas en repartir.

– La princesse ne m'avait pas informé de ce détail, fit Amos en se redressant. Mais soyez certain que, malgré le respect que je porte à votre culture et à vos lois, je défendrai chèrement ma peau.

– Prétentieux ! siffla le roi. Que peux-tu faire contre mes hommes ?

Un icarien de la garde personnelle d'Aélig s'agenouilla et déclara :

– Oh, puissant souverain, ce garçon s'est joué de notre unité tout entière ! Son corps résiste aux flèches et le vent lui obéit ! Il commande également à l'eau et au feu ! Nous avons fait l'expérience de ses pouvoirs… Croyez-moi, ô bon roi, il est plus dangereux qu'une panthère et plus rapide que l'éclair !

– Eh bien, voyons donc cela ! s'écria le roi, incrédule.

Le souverain saisit alors l'arc de l'un de ses soldats et décocha une flèche à Amos. Sans broncher, le porteur de masques reçut le projectile dans la cage thoracique, tout près du cœur.

– NOOOON! hurla Aélig, horrifiée.

– Nous allons bien voir s'il y résistera! fit le roi en déposant l'arc par terre.

Sous les ricanements du roi, Amos tomba à genoux, étourdi par la douleur. Le masque de la terre commença son travail et remplit de boue bienfaitrice sa blessure. Le garçon se releva et retira la flèche de son corps. Tous les icariens reculèrent d'un pas en poussant des exclamations de surprise.

– Mais c'est impossible! s'exclama le monarque.

– Père, je t'en prie, écoute-moi…, l'implora Aélig.

– TUEZ CE GARÇON! ordonna le roi à ses hommes sans écouter les supplications de sa fille.

Tous les icariens tirèrent leur flèche en même temps. Amos se concentra et, de la main, balaya un demi-cercle dans l'air. Utilisant ses pouvoirs sur le feu, il créa une barrière invisible pour se protéger. Tous les projectiles s'embrasèrent alors et terminèrent leur course à ses pieds, en cendres. Trois volées de flèches furent ainsi réduites en poussière.

Devant une telle puissance, les soldats de la ville pourpre reculèrent d'un autre pas.

– ARRÊTEZ MAINTENANT ! cria Aélig. Vous voyez bien qu'il ne sert à rien d'utiliser la force contre lui !

– Mais qu'as-tu fait, Aélig ? Pauvre fille ! lui dit le roi avec colère. Tu nous ramènes un mage aux pouvoirs exceptionnels et tu crois que…

– JE VEUX QU'IL SOIT MON RODICK ! coupa Aélig. JE L'AI CHOISI !

Un murmure réprobateur se répandit dans les rangs des soldats icariens.

– Non… Oh non ! C'est… c'est impossible, balbutia le roi.

– Vous savez très bien que c'est possible, père ! insista la princesse. Nos lois stipulent qu'aucun sans-ailes ne doit pénétrer dans la cité de Pégase. Mais elles stipulent aussi que la cité est ouverte à tous les rodicks qui veulent tenter leur chance…

– Oui… mais… mais les rodicks doivent être des hommoiseaux ! répondit le roi, contrarié.

– J'ai consulté les rouleaux d'or et d'ambre, et nulle part il n'est mentionné qu'un rodick doit obligatoirement être pourvu d'ailes ! Demandez-le donc aux gardiens du dogme !

Le roi se tourna alors vers un icarien au plumage d'ébène. L'homme-corbeau confirma d'un petit signe de la tête les paroles d'Aélig. Le roi, paniqué, reprit tout de même la parole :

— Mais ces rouleaux sont secrets et sont réservés uniquement aux…

— … aux initiés, je sais ! Seulement, je suis la princesse du royaume et, en tant que future souveraine, je me suis accordé la liberté d'en prendre connaissance. Je n'ai fait cela que dans le but de me préparer à mes nouvelles fonctions. Ma démarche était politique, donc, selon nos lois, justifiée !

Du regard, le roi interrogea de nouveau l'icarien noir. Pour la seconde fois, celui-ci confirma la justesse des paroles de la princesse.

— Comme vous le voyez, père, continua Aélig, je suis bien informée et je sais aussi que la loi qui empêche les sans-ailes de visiter la cité de Pégase est plus récente que la loi sur les rodicks. Dans notre système politique, les plus anciennes lois ont toujours préséance sur les nouvelles ; un sans-ailes peut donc être admis dans la cité uniquement s'il est rodick, et je viens à l'instant de lui accorder ce titre !

— Mais… mais… ma fille, répondit le roi en se radoucissant, imagine la réaction des icariens ! Que va-t-il se passer dans notre cité ?

Tu vois les émeutes? Et comment endigueras-tu le mécontentement de ton peuple?

– Ce sera un coup dur pour le peuple, MAIS IL SURVIVRA! affirma la princesse d'un ton tranchant. Il est temps que les choses changent, que les mentalités évoluent!

– Seul un dieu fera accepter au peuple un changement aussi radical. Pas une reine! Même si elle est aussi têtue qu'une mule!

– Nous verrons bien, père. Pour l'instant, j'exige que mon rodick soit traité avec la même déférence que mes autres prétendants! Je veux qu'on l'installe dans le palais des invités de la Ville pourpre et qu'on lui accorde un libre accès à toute la cité de Pégase! Est-ce clair?

Le roi serra les dents et ordonna que la volonté de sa fille soit respectée. Six grandes icariennes aux longues jambes et aux plumes blanches s'avancèrent et invitèrent le garçon à les suivre. Aélig se tourna vers Amos.

– On ne te fera pas de mal, je te l'assure. Suis ces femmes, elles vont t'installer convenablement dans les appartements royaux. J'irai te voir plus tard…

– Il faudra aussi que tu m'expliques ce qu'est un rodick, murmura Amos tout en passant près de son amie.

– Je t'expliquerai plus tard, lui chuchota-t-elle à son tour.

7
Le frère

La nuit était tombée depuis longtemps et Lolya, encore installée près du feu, contemplait les étoiles. Geser se portait mieux, récupérant lentement des blessures que lui avait infligées l'éclair. La nécromancienne avait bien travaillé ; ses talents de guérisseuse avaient encore fait des merveilles. Elle semblait pouvoir tout guérir à l'exception de son propre mal. En effet, depuis quelque temps, elle souffrait souvent de la tête, de l'estomac aussi, et son cœur battait la chamade. Tantôt elle n'avait pas d'appétit, tantôt elle aurait dévoré une montagne. Il lui arrivait souvent de faire des cauchemars et de ne plus pouvoir fermer l'œil de la nuit ensuite. Et puis, il y avait les crampes, les nausées et les étourdissements qui n'arrêtaient pas d'influer sur sa concentration et ses pouvoirs. Mais par-dessus tout, elle se sentait seule ! Béorf et Médousa avaient des étincelles dans les yeux chaque fois que leurs regards se croisaient et cette grande complicité la tenait un peu à l'écart. Elle n'était pas jalouse de leur amour, mais elle aurait aimé qu'Amos soit là, avec elle, pour partager un peu de son temps.

– Tu ne dors pas, petite sœur ? lui demanda Maelström en posant doucement sa tête sur ses genoux.

– Il semble bien que toi non plus ! répondit Lolya en lui caressant les oreilles.

– Béorf et Geser ronflent trop fort, la forteresse tremble à chacun de leurs souffles ! expliqua le dragon. Médousa aussi est réveillée, elle est partie faire une promenade dans la forêt.

– Elle avait une fringale, je suppose ?

– Je pense bien que oui. Depuis quelque temps, elle ne mange plus d'insectes devant Béorf. Comme elle ne veut pas lui déplaire, elle s'arrange pour sortir la nuit pour assouvir sa gourmandise… Et toi, tu n'as pas sommeil ?

– Oh, moi, tu sais ! Je suis chamboulée depuis un moment ! Disons que je ne suis pas dans mon assiette…

– Tu penses à Amos ?

Lolya hésita un peu et baissa la tête.

– Sans cesse… Je n'arrive pas à me le sortir de la tête. C'est précisément à cause de cela que je me suis fait posséder par cet esprit dans la forêt. Je n'arrive toujours pas à croire que je me suis fait avoir de la sorte ! Sans ton aide, je serais morte et cet homme de limon, cet affreux golem qu'est le sorcier Karmakas, courrait en liberté…

– Tu sais, ce golem n'est peut-être pas mort…, continua Maelström. Je l'ai largué de très haut et il a pu survivre à sa chute.

– Peut-être. Mais ce n'est pas cela qui m'obsède vraiment, continua Lolya. Je pressens que des événements terribles sont sur le point d'arriver et je ne me sens pas de taille à les affronter. J'ai l'impression qu'il me manque quelque chose… Et puis, il y a… il y a toujours, encore et encore, Amos qui hante mes pensées. Il a disparu depuis si longtemps… Et je pense aussi à Frilla et à Sartigan…

Une grosse larme coula sur la joue de la nécromancienne. Une goutte que Maelström essuya délicatement du bout de son nez.

– Je sais ce dont tu as besoin ! dit le dragon. Monte sur mon dos, une balade dans le ciel étoilé te fera le plus grand bien. Cela ne nous ramènera pas Amos mais, au moins, l'aventure te changera les idées.

– Hummm… peut-être…

– Allez, monte ! Je te promets des vrilles et des piqués dont tu te souviendras longtemps…

– Alors, dans ce cas…, répondit Lolya avec le sourire. C'est une offre qui ne se refuse pas !

En deux coups d'ailes, Maelström était déjà dans le ciel.

Dans cette magnifique nuit d'été, où la lumière du croissant de lune faisait étinceler les écailles du dragon, Lolya réussit à oublier un peu la cause de sa mélancolie. Bien agrippée à sa monture, elle se laissa glisser dans le bonheur du moment. Il n'y avait plus rien devant elle, sinon le vent frisquet des hautes altitudes et les millions d'étoiles au-dessus de sa tête.

– Regarde en bas! lui dit Maelström en se penchant de côté. Sur ma droite! C'est Gonnor, la capitale du roi Harald aux Dents bleues!

– Que c'est joli! s'exclama Lolya. Toute la ville est éclairée de centaine de torches!

– Veux-tu la voir de plus près?

– S'il n'y a pas de danger de se faire repérer, je veux bien, oui!

– Accroche-toi, petite sœur… Je plonge! cria le dragon en piquant du nez.

De nuit, Gonnor était effectivement magnifique à voir. Depuis les événements de Ramusberget, le roi Harald avait ordonné que sa ville soit éclairée dès le coucher du soleil. L'homme se méfiait des bonnets-rouges et espérait ainsi empêcher une éventuelle attaque nocturne. De grandes lampes alimentées à l'huile de baleine brûlaient du soir au matin en dégageant une légère fumée noire. Les maisons de bois ainsi que les rues de pavés humides dansaient sous les mouvements des flammes. La forteresse surplombant les habitations se détachait du reste du village et paraissait, sous cet éclairage, encore plus imposante. Quant aux drakkars du port, ils valsaient au gré de la houle et donnaient vie aux figures de proue. Des gardes marchaient çà et là dans la capitale en surveillant de près les tavernes trop animées et les fêtards bruyants. Aux quatre coins de Gonnor, de hautes tours lumineuses comme des phares laissaient entrevoir des vigiles armés de lances et d'arbalètes. La nuit, la ville d'Harald ne dormait que d'un œil et demeurait toujours prête à se défendre.

– Tu es certain qu'ils ne nous apercevront pas? lança Lolya, inquiète.

– Oui, j'en suis certain! la rassura Maelström. J'ai souvent survolé Gonnor et les patrouilles ne regardent jamais le ciel. Ils scrutent la mer et la forêt, mais ne lèvent jamais la tête plus haut que la cime des arbres. Tu veux rentrer à Upsgran maintenant ou je fais un autre tour de la ville?

– Ne rentrons pas tout de suite! Continuons un peu plus vers le nord!

– Vers le nord? À vos ordres! lança le dragon en s'élevant plus haut dans les airs.

Maelström survola lentement la côte en s'assurant que Lolya ne prenne pas froid. La nuit devenait de plus en plus fraîche et le vent s'était levé.

– Pouvons-nous nous arrêter quelques instants? demanda Lolya.

– Que se passe-t-il? Ça ne va pas? s'inquiéta le dragon.

– Non, tout va bien! Je dois juste me dégourdir les jambes!

– Parfait!

Maelström piqua vers le sol et atterrit dans une clairière au sommet d'une petite montagne. Quand Lolya eut marché un peu et qu'elle fut prête à remonter sur le dragon, un cri perçant déchira le ciel. La nécromancienne leva la tête et vit la forme d'une grande créature volante s'élever dans les airs en emportant un cerf entre ses griffes.

– Mais…, s'écria la jeune Noire, on dirait bien que c'est… que c'est un…

– … un dragon! compléta Maelström.

– Je ne comprends pas… Comment est-ce possible?

– Aucune idée…

– Suivons-le! s'empressa d'ajouter la nécromancienne.

– Pourquoi pas!? Remonte vite!

Maelström et Lolya se lancèrent à la poursuite du dragon et réussirent à le voir se poser sur la grande montagne de Ramusberget. La bête de feu se glissa par une faille dans la paroi rocheuse et disparut en emportant sa proie. Maelström se posa non loin de là.

– Que faisons-nous maintenant? demanda-t-il.

– Reste ici, je vais aller voir! proposa Lolya.

– Non, petite sœur, c'est trop dangereux!

– Écoute, Maelström, insista la nécromancienne, tu es trop gros pour entrer là-dedans sans te faire remarquer. Je serai très prudente, je te le promets. Nous devons savoir s'il s'agit véritablement d'un dragon!

– Très bien, concéda Maelström, mais fais vite! Au moindre bruit suspect, je vais te chercher!

– D'accord, ne t'inquiète pas!

Lolya emprunta prudemment la brèche et se glissa sans difficulté dans le large tunnel très obscur. Elle avança à tâtons, guidée par une faible lumière au bout de l'étrange couloir dont les parois semblaient avoir été taillées à coups de griffe.

Arrivée au bout de sa course, elle vit que le tunnel débouchait sur une vaste pièce où quelques torches illuminaient un fabuleux trésor. Au centre des milliers de pièces de monnaie, trônait le gigantesque squelette d'un dragon adulte dont les os semblaient avoir été léchés jusqu'à la moelle. Et puis, tout autour, des centaines de crânes de cervidés, des ossements d'ours, des cadavres de rats et même quelques squelettes humanoïdes jonchaient le sol pêle-mêle. La vapeur d'une source d'eau chaude qui coulait tout près du trésor alourdissait l'atmosphère de son humidité, ce qui rendait l'air difficilement respirable. Lolya ravala sa salive devant la scène.

« Eh bien! me voici, je crois, dans la tanière de Ragnarök, la défunte mère de Maelström. Amos m'avait parlé de cet endroit et, si je rappelle bien, ce doit être le trésor maudit du duc Augure de VerBouc! Mais quelle créature peut bien vivre ici, dans cette chaleur humide et si étouffante?... »

Soudain, une tête de dragon, identique à celle de Maelström, apparut en reniflant derrière le trésor. Entre les dents, il avait une cuisse de cerf à moitié mangée et ses yeux scrutaient les alentours. Lolya, cachée dans l'ombre du couloir, retint sa respiration. La bête de feu tourna la tête à quelques reprises puis, rassurée, continua son repas. La nécromancienne ne poussa pas davantage son inspection des lieux et décida de revenir sur ses pas.

– Alors? demanda Maelström. Est-ce bien un dragon?

– Partons vite d'ici! lui lança Lolya. Il ne faut pas traîner! Je te raconterai à Upsgran!

Sur l'ordre de son amie, Maelström décolla et vola à toute vitesse vers la vieille forteresse des béorites.

Lorsqu'ils se posèrent, le soleil commençait déjà à se lever. Lolya bondit de sa monture et courut réveiller Béorf et Médousa. Maelström à ses côtés, elle leur expliqua dans les moindres détails son aventure nocturne.

– Mais c'est impossible, fit le jeune béorite. Amos et moi avons déjà tué ce dragon…

– Ce n'est pas le même, Béorf! répliqua Lolya. Je ne parle pas de Ragnarök! Celui que j'ai vu est identique à Maelström!

– Identique? répéta le gros garçon avec inquiétude. Nous avons rapporté de cette grotte un œuf duquel est né Maelström… S'il y a un autre dragon, cela veut dire que…

– … qu'il y avait probablement deux œufs, continua Médousa. La mère a sacrifié l'un de ses petits, Maelström, pour protéger l'autre. C'est l'instinct de survie…

Béorf se leva et courut vers l'intérieur de la forteresse. Il en ressortit avec le livre *Al-Qatrum, les territoires de l'ombre*, qu'il avait rapporté des décombres d'El-Bab. En le feuilletant, il découvrit ces phrases : « On raconte que, pour se reproduire, les dragons devaient d'abord amasser un gigantesque trésor. Une fois ce nid constitué, la bête pouvait alors y pondre jusqu'à deux œufs. »

– Je crois que nous avons là notre réponse ! déclara Lolya. C'est bien le petit frère de Maelström que j'ai aperçu.

– Il ressemblait donc à notre Maelström ? demanda Médousa.

– Une parfaite copie ! répondit la nécromancienne. À la différence qu'il semblait avoir mauvais caractère.

– Mais comment aurait-il fait pour survivre dans cette grotte, seul, sans sa mère pour prendre soin de lui et le nourrir ? poursuivit la gorgone.

– Pour survivre, je crois qu'il...

Lolya hésita un peu.

– Je crois qu'il a dévoré le cadavre de sa mère. J'ai vu son gigantesque squelette reposant sur son trésor...

À la suite à cette révélation, un lourd silence empreint de dégoût tomba sur le petit groupe.

– Que faisons-nous maintenant ? lança Maelström.

– Je ne sais pas, avoua Lolya en haussant les épaules. Si Amos était ici, il me semble que les choses seraient beaucoup plus simples...

Sur ces entrefaites, Béorf sursauta et poussa un cri. Il demeura immobile quelques secondes, puis se mit à sourire. Des larmes de joie coulèrent lentement sur ses joues alors que ses amis, étonnés, se regardaient les uns les autres.

– Béorf? se décida à demander Médousa.

– CHUUUT! fit-il en s'essuyant les yeux.

Quelques secondes s'écoulèrent encore avant que l'hommanimal ne brise le silence:

– Amos est vivant, je viens de recevoir un message de lui!

8
Le pavillon des banquets

Selon les ordres d'Aélig, Amos fut installé dans le palais des invités de la Ville pourpre, mais il eut d'abord droit à une visite complète de la cité. L'endroit était comme le lui avait décrit son amie : grandiose ! Le Palais du trône se démarquait par son admirable toit de tuiles en bronze, sa charpente magnifiquement sculptée ainsi que son immense salle de quatre-vingts colonnes rouge et or. Devant le trône, le garçon aperçut une table sur laquelle étaient déposées les requêtes adressées au monarque.

L'arrière du palais donnait sur un petit village de soixante-sept édifices, tous rouge et or, abritant, notamment, les pavillons réservés aux banquets, ceux consacrés aux audiences intérieures et d'autres constitués de centaines d'appartements privés pour les dignitaires, les nobles et les invités. Il y avait aussi le Pavillon de lecture qui avait des murs recouverts de mosaïques et abritait une gigantesque collection de livres. Entre toutes ces bâtisses, se déployaient de somptueux jardins. En empruntant un petit sentier à l'écart, on accédait au Temple de la dynastie des aigles huppés, celle qui avait précédé le règne des paons. À l'intérieur, dix autels célébraient chaque roi de la lignée et des centaines de bouquets de fleurs y étaient déposés tous les jours. Le parfum qui émanait de cet endroit était enivrant !

Les six icariennes aux longues jambes qui accompagnaient Amos lui firent également voir les urnes funéraires, toutes consacrées aux anciens souverains de la cité. Elles étaient coulées en bronze et chacune devait peser certainement près de deux tonnes. Ornées de dessins d'animaux, de fleurs et de paysages, elles étaient symboliquement protégées par deux statues de griffons. Tout près, s'élevait une tour de trois étages où brûlaient en permanence des milliers de bâtons d'encens et qui était placée sous la supervision d'hommes-corbeaux, prêtres de la cité. Finalement, l'une des guides indiqua à Amos un bâtiment où il était formellement interdit de pénétrer. Il s'agissait du temple contenant les rouleaux sacrés d'or et d'ambre surveillés nuit et jour par l'armée personnelle des gardiens du dogme.

Les appartements du garçon, à l'image de la Ville pourpre, étaient une merveille. Toute en marbre blanc, la chambre du dernier étage du palais des invités possédait un vaste balcon qui dominait les luxuriants jardins. La salle d'eau privée était munie d'une petite piscine chauffée autour de laquelle avaient été placés des huiles et des sels marins exotiques dans des amphores aux formes hétéroclites.

Les six guides d'Amos entreprirent de le déshabiller.

– Mais… mais que faites-vous donc? demanda-t-il, surpris.

– Nous allons vous donner votre bain, répondit le plus naturellement du monde l'une des femmes.

– Me donner mon bain?

– Oui, vous laver…

– Mais je n'ai besoin de personne pour cela! s'écria Amos.

– Alors, vous préférez vous laver seul? s'étonna une autre.

– Oui… j'aimerais mieux… si cela ne vous fait rien!

– Mais pas du tout. Voulez-vous nous laisser vos vêtements? Ils seront lavés et repassés. Je vous en laisse d'autres, ici, sur cette chaise, ainsi que de larges tissus absorbants pour vous essuyer.

– Très bien, je déposerai mes affaires près de la porte…

– S'il vous manque quoi que ce soit, fit l'une des icariennes en désignant un long cordon près de l'entrée, n'hésitez pas à sonner. Le dîner sera servi ce soir dans le pavillon des banquets, au couchant. Pour vous faire patienter, nous vous apporterons un plateau de fruits.

– Très bien, merci beaucoup…

– Pouvons-nous prendre congé?

– Oui… et merci encore!

Aussitôt que les icariennes aux longues jambes eurent quitté les lieux, Amos dissimula sa gourde d'eau de la fontaine de Jouvence et la dague de Baal derrière un meuble, retira ses vêtements et se plongea dans l'eau chaude de l'immense baignoire. Soudain, on frappa à la porte de sa chambre et, sans attendre la réponse, quelqu'un entra.

– Nous déposons votre plateau de fruits sur la grande table et emportons avec nous vos vêtements sales, dit une servante. Les tissus absorbants et votre tenue de soirée sont à côté!

– Merci beaucoup! lança Amos de la salle d'eau.

La porte se referma de nouveau, puis le silence se fit dans l'appartement.

« Quel bonheur ! pensa Amos en se frottant les oreilles et la nuque. J'ai l'impression de ne pas avoir pris un bon bain depuis des siècles ! La dernière fois, je crois que c'était à Upsgran, juste avant de partir pour la tour d'El-Bab…

Amos se nettoya des cheveux aux orteils en utilisant un savon qui sentait bon le lait de chèvre, puis il se laissa tremper longuement dans l'eau chaude.

« Après un voyage aux Enfers, se dit-il, cette cité ressemble drôlement au domaine des dieux. Les icariens vivent dans un éden ! Tout est si beau ici, si parfait ! »

Une fois bien lavé et reposé, Amos se sécha et enfila les vêtements offerts par ses hôtes. Ils lui allaient comme un gant ; toutefois, deux ouvertures à l'arrière de la chemise, qui servaient normalement à laisser passer les ailes des icariens, lui conféraient une allure cocasse. Il chaussa ensuite de très confortables sandales, puis alla sur l'immense balcon de sa chambre. Les jardins, inondés par le soleil de l'après-midi, explosaient de mille parfums et d'autant de couleurs. On frappa à la porte.

– Ce n'est pas fermé ! lança Amos du balcon. Entrez !

Un grand homme-corbeau pénétra brusquement dans la pièce et se déchaussa.

– Rodick, on m'envoie afin que je vous instruise de notre mode de vie, ici, dans la Ville pourpre. Puis-je vous prendre un peu de votre temps?

– Bien sûr! Venez me rejoindre sur la terrasse, nous y serons à l'aise pour…

– Très bien, l'interrompit l'icarien, visiblement contrarié de se trouver là.

– Prenez place, l'invita le garçon.

– Non merci, je préfère rester debout.

– Très bien… Je m'appelle Amos Dara…

– Aucune importance, rodick, le coupa de nouveau l'hommoiseau. Je ne suis pas ici pour fraterniser, mais pour vous informer de nos principales coutumes.

– Bon, allez-y, j'écoute…

– Ce soir, à votre arrivée au pavillon des banquets, veillez à vous déchausser avant d'entrer. Puis évitez soigneusement de pointer vos orteils dans la direction du roi; cela vous épargnera des ennuis. De plus, ne regardez jamais le souverain dans les yeux. S'il vous parle, répondez en regardant son menton. S'il ne vous adresse pas la parole, ne le faites pas non plus, car seule la princesse possède ce privilège. Est-ce clair jusqu'à maintenant?

– Oui, limpide! répondit Amos, impressionné par l'originalité du protocole.

– Dans la cité, vous devez être vêtu en tout temps, continua l'icarien. Nous savons que les barbares sans-ailes aiment parfois, comme les singes, se promener torse nu pour prendre du soleil. Ici, cette pratique est strictement interdite. De plus, si vous voyez des enfants, il est interdit de leur toucher la tête et plus particulièrement les plumes frontales. Nous considérons cette soi-disant marque d'affection comme insultante et irrespectueuse ! Les sans-ailes croient que…

– Vous semblez bien connaître les sans-ailes pour un peuple qui évite tout contact avec mes semblables, non ? demanda Amos.

– Je ne suis pas ici pour répondre aux questions, mais pour vous renseigner sur notre culture. Je continue ?

– Faites, je vous en prie ! dit sèchement le garçon, indigné par la froideur de son interlocuteur.

– Alors, dernier point : en aucun cas, vous ne devez survoler la Ville pourpre, railla l'icarien. Oups… Oh, désolé ! j'oubliais ! Vous êtes handicapé. Vous n'avez pas d'ailes…

– Je ne suis pas handicapé, rectifia Amos avec un grand sourire. Je suis différent de vous, et les gens différents des autres sont toujours plus intéressants que ceux qui naissent conformes aux autres et qui, continuent, toute leur vie, à se plier à des protocoles et à des règles stupides ! Enfin, si vous en doutez, vous questionnerez votre princesse ! Vous pouvez disposer, maintenant...

L'icarien quitta la chambre en serrant les dents.

Fatigué par cette conversation déplaisante, Amos alla s'allonger sur le lit et s'endormit presque aussitôt. Ce fut l'une des servantes du palais qui le réveilla en frappant à la porte à son tour. Amos était attendu immédiatement au pavillon des banquets ! Le garçon se leva, fit disparaître les marques de l'oreiller sur son visage avec un peu d'eau et suivit la domestique.

Tous les habitants de la Ville pourpre étaient rassemblés. La nouvelle de l'arrivée d'un sans-ailes dans la cité s'était répandue comme une traînée de poudre et chacun voulait voir le nouveau rodick. Sur son passage, la foule s'écarta en poussant des exclamations contenues. Amos se déchaussa et fut amené à la table d'honneur, à côté d'Aélig. Des centaines d'invités placés par groupes autour de grandes tables rondes le dévisagèrent en silence. Le souverain ne daigna pas regarder Amos, ni aucun des sept icariens présents à la table. Seule la princesse l'accueillit avec un large sourire.

Aélig était radieuse. Elle portait une robe blanche vaporeuse qui semblait flotter dans la brise du soir. Elle rayonnait comme une étoile dans le firmament ! De somptueux bijoux ornaient ses oreilles, son cou et ses mains, et une fine couronne de laurier agrémentait le plumage de sa tête.

– Tu es magnifique ! la complimenta Amos en s'asseyant à ses côtés.

– Merci, répondit la princesse en rougissant. Tu n'es pas mal toi non plus ! J'aimais bien ton armure, mais je te préfère dans ces vêtements...

– Je sens que je ne suis pas le bienvenu à cette table, lui chuchota-t-il à l'oreille.

– Mais bien sûr que tu es le bienvenu, puisque tu es MON invité ! lança Aélig assez fort pour que les autres convives de la table d'honneur l'entendent. Comme personne n'a eu la politesse de te saluer, laisse-moi te présenter maître Yardt, responsable de mon éducation et ministre des Écoles de la cité de Pégase ; Frangroy, grand prêtre et gardien du dogme ; Ittalis, philosophe et architecte ; dame Gouch, artiste et guide du mouvement culturel ; sa sœur, Quach, générale de nos armées ; Dsoig, maire de la Ville impériale et Urit, maire de la Ville royale. Ah oui ! l'homme au sourire si chaleureux, juste là, c'est mon père, le grand souverain ! Tu te rappelles, c'est lui qui a essayé de te tuer plus tôt ?

– Euh… bonsoir à tous, fit Amos, un peu mal à l'aise de la présentation faite par Aélig.

Malgré cela, il se leva de sa chaise et s'inclina.

Tous, sauf le roi, saluèrent furtivement le garçon.

– Maintenant, Amos, continua Aélig. Tu peux déjà oublier leur nom, car ils sont tous aussi inintéressants qu'insignifiants.

– Sois polie, ma fille ! grogna enfin le roi.

– Désolée, père. Je voulais dire « soporifiques » et « ennuyeux ». Que veux-tu ? Ils sont à l'image de ces banquets que nous devons subir tous les soirs !

– Aélig, ne m'oblige pas à sévir ! lui lança son père.

– À sévir ! À sévir ! répéta la princesse en pouffant. Que vas-tu faire ? Me démettre de mes fonctions ? M'empêcher d'accéder au trône ? Non ! Tu ne peux pas et tu le sais très bien. Le peuple est derrière moi et les icariens attendent impatiemment que je te succède ! Je suis leur idole, leur championne, leur princesse ! Depuis la mort accidentelle de ma mère, la reine – un curieux accident d'ailleurs qui avait davantage l'apparence d'un meurtre –, tu as perdu ton autorité, et tes politiques sont rétrogrades et statiques! Tu as tué ton inspiration, père!

– M'accuses-tu d'avoir tué ta mère? ragea le souverain. Il faudrait que tu le prouves avant de faire une telle affirmation.

– Justement, j'y travaille! siffla Aélig.

– Ça suffit! Ce n'est ni le moment ni le lieu pour parler de cela! s'impatienta le roi. Maintenant, tais-toi, la danse commence!

Dans la Ville pourpre, tous les soirs avant le banquet, on présentait un spectacle différent. Poésie, théâtre, conte ou danse se relayaient afin de divertir les convives. Ce soir, des icariennes d'une quelconque troupe de la Ville impériale avaient été choisies pour exécuter la traditionnelle danse des bambous. Cette chorégraphie mettait en scène des couples de danseuses qui, l'une en face de l'autre, tenaient deux tiges de bambou par leurs extrémités. Au rythme des percussions, elles représentaient des guerriers icariens combattant les ennemis de la cité. Loin d'être expertes dans leur discipline, les jeunes icariennes s'exécutèrent avec courage, mais le roi les chassa brutalement au milieu de leur prestation. Le souverain dit qu'il en avait assez de les voir s'agiter comme des étourneaux!

– Ma fille Aélig reproche à ces banquets d'être soporifiques et ennuyeux! Comme les icariens semblent ne plus lui plaire, invitons donc son jeune rodick à nous divertir un peu!

– Père, je t'interdis de…

La voix de la princesse fut enterrée par les applaudissements.

– Allez au centre de la salle! ordonna le souverain à Amos.

Sans rechigner, Amos obéit.

– Je demande à Frangroy, grand prêtre et gardien du dogme, de poser à notre invité la question piège des maîtres penseurs de la cité de Pégase. Seuls les êtres supérieurement intelligents arrivent à trouver la réponse! Mettons donc ce sans-ailes à l'épreuve et voyons s'il mérite d'être à notre table ce soir!

La foule applaudit à tout rompre. Aélig, humiliée et folle de rage, serra les dents.

– Comme nos flèches ne peuvent rien contre toi, que mes gardes ne semblent pas pouvoir t'éliminer, jeune sans-ailes, poursuivit le roi avec mépris, je te propose un petit jeu. Si tu trouves la réponse à l'énigme, tu pourras rester… Je te baiserai même les pieds, ici, devant toute ma cour! Mais si tu échoues, tu quittes ce soir la cité de Pégase et tu ne revois plus jamais ma fille! Entendu?

– Tu n'as pas à accepter! cria Aélig à Amos. Tu es mon invité et tu peux rester ici aussi longtemps qu'il te plaira!

– Si tu as peur, reprit le roi, tu peux refuser! Dis-moi, crois-tu être aussi intelligent qu'un icarien?

– Je suis honoré de l'offre que vous me faites et j'ajoute que si je n'ai pas la bonne réponse, répondit Amos, c'est moi qui vous baiserai les pieds avant de vous quitter.

– Tu acceptes donc les termes de mon jeu?

– NON, AMOS! lança encore Aélig. NE FAIS PAS CELA! IL FAUT ÊTRE UN SAGE POUR RÉPONDRE À CETTE ÉGNIGME, JE LA CONNAIS... N'ACCEPTE PAS, JE TE DIS!

– Ne t'inquiète pas, Aélig, la rassura Amos. J'ai eu le plus grand des sages comme maître; je suis prêt à tout pour toi.

– QUE VOUS ÊTES CHARMANTS, TOUS LES DEUX! s'exclama le souverain en applaudissant. Allons-y! Maître Frangroy, s'il vous plaît!

Le grand prêtre des gardiens du dogme se leva et s'avança vers Amos. Le garçon sentit les plumes noires de l'icarien frémir de plaisir à l'idée d'humilier publiquement un sans-ailes.

– Alors, commença Frangroy en demandant d'un geste le silence de la foule, voici l'énigme. Je ne la répéterai pas, alors écoute bien!

– Je suis prêt, fit Amos, tout fébrile.

– Je cherche quelque chose qui est mieux que le dieu Pégase et qui est pire que les Enfers ; les pauvres en ont, les riches en ont besoin et si l'on en mange, on meurt ! Qu'est-ce que c'est ?

Devant la complexité de l'énigme, la foule se mit à rire bêtement, convaincue du manque de vivacité d'esprit des sans-ailes. Amos se gratta le menton, puis sourit. Il en avait déjà entendu des plus difficiles !

– La réponse ? demanda le roi sur un ton moqueur.

– Oui, voilà…

– Enchante-nous par ton intelligence ! s'exclama le souverain en ricanant. Vas-y, nous t'écoutons !

– Rien ! dit Amos.

– Rien quoi ?

– La réponse est : RIEN ! insista le garçon.

À ces mots, le prêtre au plumage noir devint livide comme un fantôme. Amos expliqua :

– La réponse est RIEN, parce que RIEN n'est mieux que le dieu Pégase et RIEN n'est pire que les Enfers. Les pauvres n'ont RIEN et les riches n'ont besoin de RIEN. En terminant, si on ne mange RIEN, on meurt !

Un silence glacé tomba sur l'assistance. Aélig, belle comme une reine aux yeux remplis d'admiration, se mit à applaudir chaudement.

– Très bien… C'est la… la bonne réponse, confirma honteusement Frangroy en regagnant sa place.

– Tu dois lui embrasser les pieds, père ! fit Aélig en pouffant. Allez ! Exécute-toi ! Montre à tes sujets quel grand souverain tu es ! Vas-y, respecte ta parole et humilie-toi devant mon rodick !

Se souvenant d'un conte de Sartigan, Amos s'adressa à l'assistance :

– Il était une fois un jeune cultivateur qui vivait dans une contrée lointaine, raconta-t-il. Il découvrit une pierre précieuse en labourant ses champs et se rendit au palais l'offrir à la seule personne digne de posséder un tel objet, son monarque. Le roi refusa le cadeau et le rendit au jeune paysan : « Tu considères cette pierre comme un bien précieux ? Eh bien, moi, j'estime que refuser ton présent est encore plus précieux ! »

Le garçon s'avança alors vers le roi, s'agenouilla et lui baisa les pieds.

– J'estime que l'admiration de votre fille pour moi est beaucoup plus précieuse que votre humiliation publique. Si vous le désirez toujours, ordonnez-moi de partir et je quitterai votre cité à l'instant. Sur vos terres, je suis à vos ordres. Vous me trouverez dans mes appartements. Veuillez m'excuser, je n'ai plus faim…

Amos quitta le pavillon des banquets dans un silence absolu. Le temps semblait s'être arrêté et les icariens, immobiles, ne savaient pas comment réagir. Alors que tous les regards étaient fixés sur lui, Amos salua la foule, puis disparut en sifflotant d'un pas nonchalant dans les jardins extérieurs.

– Amos Daragon, soupira Aélig, en pâmoison, tu es le plus génial de tous les garçons du monde.

9
La révélation de l'oracle

Amos se rendit directement du pavillon des banquets à sa chambre. Dès qu'il ouvrit la porte, Aélig lui sauta dans les bras et l'embrassa goulûment. Le garçon se laissa porter par le baiser en savourant chaque seconde.

– Mais que fais-tu ici ? demanda Amos en serrant l'icarienne contre lui.

– Tu as été GÉNIAL ! s'écria Aélig. Tu as la noblesse d'un prince, l'intelligence d'un sage et l'élégance d'un roi ! Tu es parfait !

– Parfait ? répéta le garçon, amusé. Non, personne n'est parfait. Mais comme ma mère m'a toujours conseillé de prendre les compliments sans fausse modestie, je ne te contredirai pas !

– Tu m'as chavirée ce soir. Demain, toute la cité sera au courant de ton exploit ! Déjà, les servantes du palais disent que tu es sûrement le prince d'une grande dynastie de sans-ailes venu pour faire la paix. Les gardiens du dogme tremblent maintenant sous leurs plumes chaque fois que l'on mentionne ton nom, et mon père a convoqué une rencontre avec l'oracle! Tu te rends compte?

– Que les gens spéculent sur mon compte, c'est leur affaire, mais pourquoi ton père veut-il voir un oracle?

– Pour savoir si tu es vraiment mon rodick!

– Tu ne m'as toujours pas expliqué ce qu'est un rodick? En passant, comment as-tu fait pour entrer ici?

– Je suis passée par le balcon.

– Mais… mais, je croyais qu'il était interdit de voler dans la Ville pourpre?

– Loi stupide! trancha Aélig. Tu devrais déjà savoir que j'ai une certaine tendance à défier les lois! Surtout celles de mon père!

– Hum, c'est bien vrai, et pour en revenir au rodick maintenant?

– Comment te dire?… Assieds-toi, c'est un peu compliqué!

La princesse appela une domestique en tirant sur le cordon qui se trouvait près de la porte. Quelques minutes plus tard, une femme-grue frappa et entra dans la chambre. Elle sursauta en apercevant Aélig et Amos ensemble.

– Si je peux me permettre, dit-elle d'une voix incertaine, il est très inconvenant que vous soyez ici, seule avec ce garçon, princesse. Le banquet est donc terminé?

— Non, je suis partie, expliqua Aélig, et je ne suis pas seule dans la chambre avec Amos, puisque vous y êtes maintenant. S'il vous plaît, allez donc nous chercher à boire et à manger. Nous mourons de faim, n'est-ce pas, Amos?

— Mais… je… je ne peux pas vous abandonner, la bienséance…

— C'est un ordre! trancha Aélig.

— Mais…

— Je répète que c'est un ORDRE!

— Très bien, fit la servante qui déguerpit, humiliée.

— Tu as été un peu dure avec elle! remarqua Amos.

— Mais non, ne t'en fais pas! Il faut être ferme ici si l'on veut obtenir ce que l'on demande… Les servantes y sont habituées, elles en voient de toutes les couleurs avec mon père! Il est tellement insupportable… Mais… mais bon… de quoi parlions-nous déjà?

— Du rodick, lui rappela-t-il.

— Ah oui… le rodick.

Aélig lui raconta qu'anciennement, alors que la lignée des aigles huppés régnait sur la cité de Pégase, ceux-ci se mariaient souvent entre eux, afin de garder le pouvoir au sein des mêmes grandes familles. Les unions entre cousins et cousines, demi-frères et demi-sœurs, avaient fini par appauvrir la race et plusieurs nouveau-nés étaient venus au monde handicapés, physiquement et mentalement. Les aigles huppés avaient perdu le pouvoir lorsque était monté sur le trône un roi fou qui avait fait pendre tous les membres de la famille royale en les accusant de complot. Il s'était suicidé plus tard, en s'immolant les ailes en plein vol. Comme les aigles huppés n'avaient plus d'héritier légitime, c'est la lignée des paons qui s'était emparée du pouvoir. On avait alors instauré la loi du rodick.

Pour éviter les mariages consanguins et ainsi l'affaiblissement de la lignée royale, cette loi spéciale stipulait qu'un prince ou une princesse en âge de se marier était en droit de choisir une compagne ou un compagnon à l'extérieur du cercle de la famille royale, si, et seulement si, il était déterminé par l'oracle que son destin serait bénéfique au peuple de la cité de Pégase.

— Lorsqu'un candidat est considéré sérieusement, continua Aélig, le roi fait une demande officielle à l'oracle. Ce que va faire mon père !

— Et s'il n'est pas considéré ? demanda Amos.

— Il jouit de la protection royale jusqu'à ce que la cour estime qu'il est temps pour lui de partir, Voilà pourquoi tu as été génial ce soir! Tu as cloué le bec à mon père sans même l'offenser et tu as impressionné la cour au plus haut point! Les gens qui entourent un souverain n'ont pas le choix d'un prince ou d'une princesse, mais ils ont un poids important dans le choix d'un rodick. Si la cour aime le rodick, le peuple l'aimera aussi!

– Et que se passera-t-il si, par exemple, l'oracle n'était pas favorable?

– Ne t'inquiète donc pas, le rassura Aélig, évitant de répondre franchement. Il le sera, j'en suis certaine!

– Et si l'oracle donnait sa bénédiction?

– Alors là, ce sera une nouvelle vie pour toi! dit la princesse, toute joyeuse. Tu deviendras le premier roi sans-ailes de toute l'histoire de la cité de Pégase.

La porte de la chambre s'ouvrit alors et un gardien du dogme entra dans la pièce.

– Je vous prie de sortir immédiatement, chère princesse, lui ordonna-t-il posément. Votre présence ici est inconvenante.

– Tu comprends ce que je te disais, Amos? fit Aélig en se dirigeant vers la porte. Il est très difficile d'obtenir ce que l'on désire ici! J'espère que vous lui apporterez quand même quelque chose à manger!

– Votre dîner sera servi dans votre chambre, princesse, et le sien arriva bientôt, répondit l'icarien, impassible.

Aélig eut à peine le temps d'envoyer un baiser à Amos que l'hommoiseau referma la porte. Le garçon demeura donc seul dans sa chambre, absorbé par l'histoire du rodick. Si l'oracle leur donnait sa bénédiction, le porteur de masques aurait à faire un choix difficile entre sa mission et sa passion. Dans les deux cas, il aurait à prendre une décision déchirante. L'arrivée d'un somptueux dîner vint interrompre le fil de sa pensée. Amos se délecta de l'excellente cuisine du palais. Le ventre plein, il s'endormit ensuite bien vite.

Les icariens aimaient bien se faire prédire leur avenir. Ils allaient alors rencontrer un oracle dans le lieu sacré réservé à cet effet et offraient un animal en sacrifice au dieu Pégase. Ils lui demandaient par l'entremise du devin ce que leur réservait l'avenir. Évidemment, le grand dieu Pégase ne s'adressait pas directement aux icariens. Ses messages étaient transmis de plusieurs façons. Selon les sanctuaires, les oracles lisaient dans le thé, les plumes des ailes ou utilisaient des osselets. D'autres, plus sages, entraient en transe et servaient d'intermédiaires entre le monde des dieux et les icariens en interpellant les esprits rôdeurs.

L'oracle de la lignée royale des paons avait été choisi grâce à un concours organisé par le grand-père d'Aélig, ancien souverain de la cité. Ayant décidé de mettre les augures à l'épreuve pour savoir lequel était le plus fiable, l'aïeul avait fait envoyer trente messagers aux trente oracles les plus reconnus. Tous devaient répondre à la question suivante : Que fait le roi en ce moment même ?

Les réponses avaient été diverses, mais celle qui avait fasciné le souverain venait d'un très jeune oracle de douze ans. Il disait :

Mes sens perçoivent une odeur tenace
Une tortue cuisant dans sa carapace
Un agneau qui cuit à petits bouillons
À couvert dans le cuivre d'un chaudron.

Le roi avait été très impressionné par le talent du garçon, car justement, ce jour-là, il avait décidé de faire la cuisine. Sans que quiconque le sache, il avait effectivement découpé une tortue pour l'inclure à un ragoût d'agneau qu'il avait ensuite fait cuire à feu doux dans une marmite de cuivre. C'est ainsi que l'oracle Delfès était entré au service de la lignée des paons et qu'il travaillait encore aujourd'hui, après quarante ans de service, pour la famille royale. L'icarien de cinquante-deux ans était solide et ses prédictions, toujours sans faille. Le devin avait un véritable talent et ses augures étaient toujours considérés avec le plus grand respect. Il était adulé par le peuple et vivait en ermite sur une montagne non loin de la cité de Pégase. L'icarien ne se déplaçait presque jamais et il ne recevait en audience que le roi et sa famille.

Voilà pourquoi Amos fut emmené, dès le lendemain, à la maison de Delfès. On utilisa la nacelle qui, la veille, avait transporté le garçon jusqu'à la porte du Midi. Accompagné du roi, de sa fille et d'un impressionnant cortège de soldats, le porteur de masques atterrit devant la porte de l'oracle. Le devin accueillit ses invités avec courtoisie et les pria de le suivre jusqu'à l'antichambre de son cabinet de voyance. Il y fit alors pénétrer Amos en demandant aux autres d'attendre.

Le porteur de masques entra dans une pièce toute blanche qui ne contenait que deux chaises pour tout meuble. De larges rayons de soleil pénétraient par les fenêtres situées au plafond.

– Assieds-toi, jeune homme, lui dit l'oracle. Je suis ravi de te rencontrer.

– Moi aussi, répondit poliment Amos.

– Venons-en aux faits, enchaîna Delfès en s'appuyant sur le dossier de la chaise d'Amos. Crois-tu être le rodick ? Veux-tu épouser Aélig et devenir roi ?

– Mais… ce n'est pas vous qui devez me dire tout cela ?

– Non…, répondit l'icarien. Tous les êtres portent en eux leur destin, je ne fais que les encourager à demeurer sur la bonne route. Réponds maintenant à ma question : crois-tu être le rodick et veux-tu épouser Aélig et devenir roi ?

– Franchement, répondit Amos, Aélig me plaît beaucoup et je l'aime, mais je crois qu'il est encore beaucoup trop tôt pour parler de mariage. Je ne la connais que depuis quelques jours. En ce qui concerne le titre de souverain, je n'en veux pas non plus ! Ceci ne me qualifie donc pas pour le titre de rodick !

– Tu es franc, le félicita Delfès en prenant place sur l'autre chaise. C'est ce que j'avais pressenti avant ton arrivée. Mais regardons maintenant ce que te réserve l'avenir ! Nous verrons si…

– Ce n'est pas nécessaire, l'interrompit Amos. Je ne veux pas savoir ce qui m'attend !

– C'est que moi, fit l'oracle, je dois tout de même fournir un rapport au roi. Lui, il veut connaître ton avenir !

– Bon, allez-y alors…

Les icariens croyaient que les oiseaux étaient des coursiers entre le ciel et la terre et qu'ils portaient en eux les messages des dieux. Delfès sortit de la pièce et revint aussitôt avec une petite boîte qui contenait le cadavre d'un oiseau. Il l'avait trouvé mort dans le jardin, juste avant l'arrivée du roi.

À l'aide d'un petit couteau, il éventra la petite bête et examina ses organes.

– Hum! fit l'icarien, songeur. Sais-tu que tu es le grand amour d'Aélig et que personne, de toute sa vie, ne te remplacera dans son cœur? Elle emportera ton souvenir dans l'autre monde et t'y attendra, jusqu'à la fin des temps. Elle sera la dernière reine de la cité de Pégase et régnera à jamais dans la Ville pourpre. Tu dois savoir que tu trouveras ce que tu cherches dans le Temple interdit. Puis, je dois aussi te dire de commencer par l'île des Arkhous lorsque le temps sera venu…

– Je ne comprends pas, dit Amos, intrigué. Lorsque le temps sera venu?

– C'est tout en ce qui te concerne. S'il te plaît, veux-tu sortir et dire au roi que je l'attends?

– Très bien, acquiesça le garçon en le quittant.

Le roi entra à son tour dans la maison de l'oracle et y demeura de longues minutes.

– Alors, murmura Aélig à Amos, qu'a-t-il dit? Dis-le-moi! Dis-le-moi vite!

– Presque rien en vérité, répondit franchement le garçon. Il m'a surtout confirmé l'importance que j'ai prise dans ta vie depuis notre rencontre. Il m'a aussi dit de me rendre dans le Temple interdit…

– Quoi? fit Aélig, surprise. C'est impossible, à moins que… hum… que cela signifie que tu es mon rodick, car seuls les membres de la famille royale sont autorisés à y pénétrer. Tu seras roi, mon roi! Voilà ce que cette prophétie signifie! Oh, je suis si contente!

Le souverain sortit soudainement de la maison de l'oracle et ordonna le retour à la cité. Amos regagna sa nacelle et la troupe décolla. Lorsqu'ils furent en vue de la cité, le roi commanda un arrêt et tous les icariens étirèrent leurs ailes afin de demeurer sur place, retenus par le vent. Puis le souverain parla:

– Aélig, ma fille, sais-tu ce que vient de me confier l'oracle?

– Non, père, répondit-elle.

– Il m'a annoncé que tu causerais ma mort! Que, par ta faute, mes jours étaient comptés!

– Mais voyons, père ! s'écria Aélig. C'est tout à fait ridicule !

– Il m'a aussi dit que ton ami, le sans-ailes, allait causer ta propre mort !

– Père ! s'offensa la princesse. C'est tout à fait ridicule ! Delfès a perdu la tête !

– Je ne crois pas, non…, fit le souverain en ricanant. Et c'est pour cela que j'entends régler dès maintenant deux problèmes ! Commençons par celui qui menace ma vie ! Soldats ! emparez-vous de ma fille, et jetez-la en prison à notre arrivée dans la cité !

– Mais… mais, je vous interdis de…, cria Aélig en essayant de se soustraire à la poigne des gardes.

– Et maintenant, réglons le cas du futur assassin de ma fille ! Larguez la nacelle !

Sans attendre, les icariens lâchèrent le filet, et Amos tomba dans le vide.

10
Saut dans le vide
et parricide

Amos eut à peine le temps d'apercevoir les icariens s'enfuir à tire-d'aile qu'il comprit la gravité de sa situation. Il tombait dans le vide !

Les lianes de la nacelle s'enroulèrent autour de lui et le ficelèrent. Sa descente était très rapide, trop pour que ses pouvoirs sur le vent puissent agir. La chute allait être mortelle ! Si, par miracle, Amos y survivait, seule l'eau de la gourde de la fontaine de Jouvence pourrait le remettre sur pied. Mais cette gourde était dans la chambre du palais des invités de la Ville pourpre avec la dague de Baal. Il n'avait pas jugé nécessaire de les prendre avec lui pour sa rencontre avec l'oracle. Bien qu'il eût récupéré ses vêtements, ses grandes bottes et son armure de cuir, tous bien nettoyés, cela ne l'aidait en rien !

« Je dois trouver une idée ! pensa le garçon en essayant de se dépêtrer, sinon je ne m'en sortirai pas. »

À la vitesse de l'éclair, Amos envisagea plusieurs options, mais ne trouva aucune solution. Ses pouvoirs sur l'air étaient encore trop faibles pour le soutenir, et le masque de la terre n'était pas encore assez puissant pour le protéger d'une telle chute. À moins de tomber au centre d'un lac, ses pouvoirs sur l'eau ne lui seraient d'aucune utilité, et le feu ne…

– LE FEU! s'exclama Amos. LA SOLUTION EST LE FEU! OUI! Ce sera douloureux, mais c'est ma seule chance…

En désespoir de cause donc, le porteur de masques enflamma son corps en ordonnant à l'élément de le consumer entièrement. C'est en hurlant de douleur qu'il sentit les flammes envahir ses cheveux avant de calciner sa peau. Puis son corps se transforma en braises ardentes. La souffrance fut telle qu'Amos perdit connaissance avant de toucher le sol. En fait, il ne toucha jamais véritablement le sol. Comme un météorite qui entre en contact avec l'atmosphère d'une planète, il se consuma entièrement et seules quelques cendres se posèrent sur l'herbe haute de la vallée.

Pendant ce temps, dans les Enfers, le petit prêtre de lave convoqua une grande réunion sur l'île sacrée des Phlégéthoniens. Il avait ressenti la détresse du nouveau phénix et l'urgence de lui venir en aide. Il fit donc venir son peuple pour prier avec eux.

– Aujourd'hui, lança-t-il à l'assemblée de fidèles, notre dieu nous demande une faveur. Il exige de nous un acte de foi, une preuve de notre indéfectible fidélité, car, oui, je vous le dis, nous sommes un bon peuple!

– OH OUI! répondirent en chœur les Phlégéthoniens, NOUS SOMMES UN BON PEUPLE!

– Depuis son départ de notre monde, continua le petit bonhomme, c'est la seconde fois que le garçon que nous avons élu comme Phénix se consume. Le feu consume, nous le savons, mais il donne aussi la vie! Allons-nous permettre au Phénix de renaître une autre fois de ses cendres? Pouvons-nous encore utiliser la force du Phlégéthon pour le ramener à la vie?

– OH OUI! s'exclamèrent les Phlégéthoniens.

– Et pourquoi allons-nous permettre cela? Parce que nous sommes un bon peuple!

– UN BON PEUPLE! reprirent les milliers de voix.

– PRIONS AVEC FERVEUR AFIN QUE NOTRE FOI TOUCHE CELUI QUE NOUS AIMONS, CELUI QUI NOUS A CHOISIS, CELUI QUE NOUS CHÉRISSONS AVEC

TANT D'AFFECTION! clama le prêtre en guise de conclusion.

Les Phlégéthoniens commencèrent alors à réciter une prière :

> Le feu éclaire, le feu réchauffe,
>   le feu rayonne !
> Le feu purifie, le feu nettoie,
>   le feu délivre !
> Le feu apaise, le feu exulte,
>   le feu transforme !
> Le feu, le feu, le feu, le feu !
> Oui ! nous sommes un bon peuple !

Dans la vallée, les cendres d'Amos se mirent lentement à se regrouper. À l'inverse d'un pissenlit qui étale au vent ses semences, les poussières de son corps s'agglomérèrent pour former d'abord un petit monticule. Ce n'est qu'après deux jours entiers que les restes d'Amos commencèrent à bouillir comme un volcan puis, dans une explosion, reconstituèrent son corps.

La figure dans l'herbe fraîche, Amos ouvrit enfin les yeux.

Dans les Enfers, les prières cessèrent.

Le garçon se secoua, puis remercia les Phlégéthoniens de ce nouveau miracle.

Le prêtre remercia le Phénix de leur accorder sa confiance.

Le porteur de masques se leva et s'étira.

Les Phlégéthoniens regagnèrent leurs demeures dans la rivière de lave.

Amos prit un moment pour faire le point. Pourquoi donc l'oracle avait-il raconté une chose aussi terrible au roi? Aélig était sans doute difficile à vivre, mais elle n'était pas une meurtrière! Et pourquoi Delfès avait-il poussé l'odieux jusqu'à dire que lui-même allait tuer Aélig? C'était tout à fait malhonnête et exagéré!

« Je suis dans une bien vilaine position, se dit le garçon. Maintenant, je ne peux plus aider Aélig et je ne reverrai jamais cette cité. À moins de me faire pousser des ailes. Mes pouvoirs ne peuvent m'aider à gravir ces montagnes! Pauvre Aélig, à l'heure actuelle, elle croit sûrement que je suis mort. Mais je peux lui envoyer un message. Au moins, elle saura que je suis vivant… »

En utilisant ses pouvoirs sur l'air, Amos créa une sphère de vent et y inséra un message. Ensuite, la boule translucide s'éleva et disparut dans le ciel.

***

La cité de Pégase disposait d'un ensemble de lois strictes auxquelles chaque icarien devait se soumettre. Tout cela dans le but de maintenir la cohésion sociale et la bonne entente. Par exemple, un icarien qui en frappait un autre payait automatiquement une amende qu'empochait la victime à titre de dédommagement. Une insulte à la famille royale était punie de cent coups de fouet, et une tentative de coup d'État se soldait par une condamnation à mort. Il n'y avait pas de tribunaux, de juges ni d'avocats. Chaque peine sévère était soumise à l'attention du roi qui veillait à ce qu'elle soit exécutée dans les règles.

Le cas d'Aélig posait un grave problème au roi. En réalité, elle n'était coupable de rien; en plus, le peuple l'adorait. Il ne pouvait pas la condamner à mort sans risquer de provoquer une émeute dans la cité. Il ne pouvait non plus la laisser circuler librement de peur qu'elle ne mette à exécution son éventuel plan d'assassinat. La situation demandait du doigté! Mettre en scène un accident tragique lui paraissait l'unique solution valable pour se débarrasser d'elle sans causer l'ire des icariens. Ne l'avait-il pas déjà fait avec succès pour éliminer la reine?

C'est alors qu'il mijotait un plan pour supprimer sa propre fille que le roi, sur la terrasse de ses appartements, demanda à sa servante de lui apporter un verre de vin blanc bien froid. C'est que la randonnée jusque chez l'oracle lui avait donné soif! Il n'était plus tout jeune et comme il s'adonnait davantage aux plaisirs des banquets qu'à l'exercice physique, ses ailes avaient de plus en plus de mal à le porter dans les airs.

La servante déposa une carafe et une coupe sur la table d'appoint puis disparut sans attendre de remerciements. Machinalement, le roi se servit une rasade et l'avala d'une traite. Contrairement à ses attentes, le vin ne lui fit pas grand bien. Il se mit à toussoter, mais n'en fit pas de cas. Puis il ressentit une légère douleur au ventre, plus précisément au niveau de l'estomac. Incommodé, il voulut rentrer dans ses appartements pour demander qu'on appelle son médecin, mais il s'écroula après deux pas seulement. Tremblant et suant comme un animal à l'abattoir, il comprit qu'on l'avait empoisonné. Le venin lui avait paralysé les jambes et voilà maintenant qu'il s'attaquait à ses bras. Le roi devina que, dans quelques minutes, ses poumons seraient aussi attaqués et l'empêcheraient de respirer. Il lui fallait agir! Mais comment?

– On ne supprime pas un roi ainsi ! affirma le monarque avec effort.

– Oh ! vous savez, lorsque le roi est d'abord un tyran…, dit une voix jeune tout près de lui.

– Aélig ! Aélig ! C'est toi ?

– Oui, c'est moi, père, répondit la princesse. Tu as bien fait d'écouter l'oracle, car sa prophétie était juste. J'ai croupi deux heures dans ta prison et j'y serais encore si je n'avais eu l'aide de Frangroy pour ordonner que l'on m'ouvre la porte.

– Ah, le traître ! s'écria le monarque. Il faut bien qu'il soit grand prêtre et gardien du dogme pour me tromper de la sorte.

– Le traître ? Non, père ! Frangroy est d'abord un patriote qui a compris que tu devais être remplacé afin que la cité de Pégase évolue. Il est écrit sur les rouleaux d'or et d'ambre que le jour du Grand Choix approche ! Il s'agit d'une nouvelle ère, on y parle de l'arrivée sur le trône d'une grande reine capable d'unir les icariens aux sans-ailes. Cette reine, c'est moi, père ! Et pour cela, tu dois me laisser ta place…

– Va aux Enfers, petite peste ! répondit le roi avec difficulté. Ton rodick te tuera et tu l'auras bien mérité ! Mais qu'est-ce que je dis là ?… Il est déjà mort, ton rodick ! Pauvre petit sans-ailes !

– De toute façon, Amos aurait été incapable d'une telle horreur, répliqua la princesse. Toi seul es capable d'accomplir de tels actes! N'as-tu pas tué la reine, ma mère, en maquillant ton misérable assassinat en accident?

– C'était une vermine, tout comme toi! grogna le monarque, de plus en plus faible.

– Une vermine qui voulait du changement, comme moi, oui! Ma mère était une icarienne moderne qui désirait unir la cité de Pégase au reste du monde. Elle voulait créer des échanges commerciaux, forger des ententes politiques avec les autres peuples et partager nos connaissances avec les autres races! Tout cela pour donner un second souffle à notre peuple! Tout cela pour que cessent le racisme et l'exclusion de notre peuple! Mais toi, tu n'as rien vu, rien compris…

– Ta… mère… était… aveuglée… aveuglée par… par sa propre… stupidité…

– S'il y a un aveugle ici, c'est bien toi! Tu ne t'es même pas aperçu que c'est moi, et non ta servante, qui ai déposé la carafe de vin sur la table!

– Être perfide… que tu es…

– Adieu, père! dit Aélig se dirigeant vers la porte. Je souhaite que tu trouves la paix auprès de Pégase, même si tu ne la mérites pas.

Le roi voulut prononcer un dernier mot, mais sa tête frappa violemment le sol. Il venait de mourir.

– Tes servantes, père, trouveront ton corps inerte avant le banquet de ce soir, continua la nouvelle reine. Elles appelleront tes médecins qui concluront à une mort naturelle, puisque c'est ainsi que je leur dirai que tu es décédé! Rappelle-toi, papa, chez les icariens, les souverains ont toujours raison et personne ne discute les ordres d'un roi ou d'une reine. Tu auras de petites funérailles et tes cendres rejoindront celles des anciens chefs de la cité, dans les urnes mortuaires. Ensuite, j'organiserai des recherches pour trouver le corps de mon rodick et, à lui, nous ferons un enterrement digne d'un vrai roi. Pour Amos, je ferai construire un temple où j'irai prier tous les jours. Je consacrerai le reste de mes jours au souvenir de sa tendresse pour moi. Ma passion pour lui ne s'atténuera jamais… Tu m'as volé ma mère et mon rodick, père! Je t'ai volé ta vie! Deux vies pour le prix d'une… Console-toi, tu es gagnant!

Aélig sortit de la chambre de son père; le grand prêtre Frangroy l'attendait.

– Est-il mort? demanda le gardien du dogme.

– Oui, il l'est, confirma Aélig sans la moindre émotion.

– Et maintenant, quels sont les ordres?

– Commencez à préparer la cérémonie de mon couronnement. Une nouvelle ère commence!

11
L'émeute

Amos marchait dans la vallée lorsqu'au loin il aperçut une troupe de dix soldats icariens qui volaient dans sa direction. Ils étaient lourdement armés de lances et de flèches et transportaient avec eux un grand filet.

« De toute évidence, ils cherchent quelque chose. Ou quelqu'un ! pensa le garçon. Ils essaient peut-être de retrouver mon corps. Le roi veut sans doute l'exhiber comme trophée au banquet de ce soir ! »

Le porteur de masques regarda autour de lui, mais ne vit aucun endroit où se cacher. L'herbe longue aurait normalement fourni une bonne cachette pour le soustraire aux regards d'ennemis à pied, mais, pour éviter les hommoiseaux, il aurait fallu qu'il soit complètement recouvert.

Amos n'eut d'autre choix que de se placer en position d'attaque et attendit que les icariens se posent. Les soldats atterrirent près de lui et, à sa grande surprise, ne montrèrent aucune agressivité. Au contraire, ils s'agenouillèrent devant le garçon, et l'un d'eux lui adressa la parole:

– Vous êtes attendu à la cité de Pégase, grand rodick! La reine sera très heureuse de vous revoir vivant. Nous sommes à votre recherche depuis près de trois jours maintenant.

– Est-ce le roi qui vous envoie? s'informa Amos, méfiant.

– Non, rodick, c'est la reine! insista le soldat.

– Mais… mais quelle reine? demanda le garçon, de plus en plus sceptique. On a ressuscité la mère d'Aélig? Le roi s'est remarié?

– Non…, corrigea l'icarien, Aélig est maintenant reine de la cité de Pégase.

– QUOI? QU'EST-CE QUE…?

– Son père, feu notre roi, est décédé d'un excès de fatigue peu après son retour de chez l'oracle. Son cœur n'a pas supporté le voyage. Sauf votre respect, si nous nous dépêchons, nous arriverons à temps pour assister à la cérémonie du couronnement de notre nouvelle reine.

– Et les obsèques du roi ont-elles eu lieu?

– Oui. Et la période de deuil s'est terminée hier! répondit l'icarien. De la tristesse, nous passons aujourd'hui à la joie…

« Les choses se sont passées si vite », pensa Amos, chaviré.

– Installez-vous dans ce filet, rodick, dit le soldat, nous vous conduirons à la reine qui sera ravie de vous voir !

La Ville impériale s'était faite belle pour le couronnement. Des millions de pétales de fleurs parsemaient le toit des maisons et la grand-place. Les architectes icariens avaient dessiné cette partie de la cité de Pégase en suivant des critères astrologiques et géographiques très précis. Cette science, appelée « géomancie », prenait en compte la position des astres en regard du choix du site et du type de construction. Les résultats étaient époustouflants ! Les maisons, les palais et les tombeaux s'incorporaient à la montagne. Il se dégageait de cette partie de la cité de Pégase une harmonie tout à fait exceptionnelle avec la nature. Les bâtiments étaient ravissants et mystérieux à la fois.

Les architectes icariens accordaient une attention toute particulière aux toits de leurs constructions. En dehors de la Ville pourpre, comme la population se déplaçait dans les airs, les couvertures devaient être agréables à regarder et assez robustes pour servir de lieux d'atterrissage. Ainsi les architectes concentraient-ils leurs efforts sur la charpente et les piliers, habituellement fixés avec des chevilles de bois, puis sculptés avec élégance. Les tuiles étaient de couleur uniforme, mais chaque toiture était différente l'une de l'autre. Les murs, eux, n'étaient souvent que du remplissage de bois ou parfois de briques.

La Ville impériale était le lieu de résidence du peuple icarien. Là, dans un gigantesque amphithéâtre de pierre, avaient lieu les grands événements royaux. Les funérailles du roi venaient à peine de s'y terminer. Conformément aux dernières volontés du souverain, ses obsèques avaient été de courte durée. Le couronnement pouvait alors suivre.

Les fêtes célébrant le sacre d'un nouveau monarque étaient assez rares, donc très prisées par les icariens. Selon la tradition, c'était l'occasion pour les âmes des morts de revenir dans la cité pour bénir le nouveau souverain. Des pétards éclataient un peu partout, afin de célébrer la communion avec les ancêtres. On brûlait d'impressionnantes quantités d'encens qui embaumaient la cité de Pégase de leurs parfums de fleurs, de bois exotiques et de fruits. Les marchés débordaient de lilas, symbole du renouveau, et les enfants n'avaient pas école. Dans les rues, on jouait de petites pièces de théâtre illustrant les exploits passés des grandes lignées royales, et les sculpteurs immortalisaient dans le marbre le portrait du nouveau souverain.

Le peuple icarien adorait manifestement la jeune reine qui, au cours des années, avait su gagner sa confiance et son admiration. Dans toute la cité de Pégase, les célébrations allaient durer sept jours et seraient officiellement lancées par la nouvelle reine lors de son discours d'inauguration. Pendant cette apparition publique, Aélig devait communiquer à son peuple ses visions d'avenir pour la cité.

Ce fut donc devant une assemblée de milliers d'icariens attentifs qu'Aélig se présenta et amorça son allocution :

– La mort de mon père fut si subite qu'elle me troublera encore longtemps. Il est de notoriété publique que ma relation avec le roi n'était pas au beau fixe, mais je respectais ses idées tout comme il respectait les miennes. Un vent de changement souffle aujourd'hui sur la cité, car j'en suis dorénavant aux commandes...

La foule applaudit alors à tout rompre, mais elle se calma rapidement. Personne ne voulait manquer un mot de ce discours historique.

– J'ai décidé d'ouvrir les portes de notre cité aux sans-ailes et d'assouplir nos règles envers eux. Nous ne pouvons plus nous soustraire ainsi au monde qui nous entoure.

Les prophéties inscrites sur les rouleaux d'or et d'ambre nous prédisent l'arrivée d'une nouvelle reine qui unira le destin des icariens à celui des sans-ailes. Les gardiens du dogme sont formels à ce sujet: JE SUIS CETTE NOUVELLE REINE!

Encore une fois, la foule manifesta son enthousiasme. C'est alors qu'Aélig leva la tête et aperçut Amos vivant qui, porté par les soldats icariens, se préparait à atterrir à la porte du Midi de la Ville pourpre. Rapidement, elle ordonna à l'un de ses gardes que l'on dépose Amos sur la place centrale, afin que le peuple voie son rodick. Le garde décolla et porta le message aux soldats.

– D'ailleurs, continua la nouvelle reine, pour sceller la nouvelle alliance que je désire créer avec les peuples sans-ailes, je vous présente mon rodick, votre futur roi.

Les icariens déposèrent Amos sur le sol, devant la foule. Des murmures et des exclamations de surprise fusèrent de toutes parts. Le peuple ne savait que penser de cela! Ouvrir la cité aux sans-ailes était une chose; en avoir un comme roi en était une autre! La transition semblait un peu brutale, voire déplacée. Des rumeurs avaient couru dans la ville selon lesquelles la princesse s'était entichée d'un sans-ailes, mais personne n'osait vraiment y croire.

Sous les murmures railleurs de la foule, le garçon alla rejoindre Aélig sur l'estrade.

– Merci pour ton message! lui dit la jeune reine en l'embrassant sur la joue. Il faudra que tu m'expliques comment tu as survécu à cette chute!

– Je t'expliquerai, répondit-il. Euh… sans vouloir t'offenser, Aélig, je crois que ta mise en scène pour me présenter n'était pas une très bonne idée.

– Ne t'inquiète donc pas! tenta de le rassurer l'icarienne. Le peuple finira par comprendre!

Mais contrairement à ce que pensait la nouvelle reine, le peuple ne semblait pas adhérer à sa soudaine ouverture. Il commençait à s'échauffer sérieusement et lorsque Aélig demanda le silence pour poursuivre son discours, des icariens hurlèrent leur mécontentement:

– Traîtresse! s'exclama l'un d'eux.

– Elle veut affaiblir notre nation! renchérit un autre.

– C'est le début de la fin! hurla le maire de la Ville royale.

– MAIS LAISSEZ-MOI VOUS EXPLI-QUER! s'indigna Aélig devant ce désaveu public.

– Il n'y a rien à dire et rien à expliquer! rugit la foule. Nous ne voulons pas de ce rodick! Nous ne voulons pas d'un sans-ailes parmi nous!

Les gens se mirent alors à lancer des pierres et des bouts de bois en direction de l'estrade. Les soldats se ruèrent sur eux afin de tenter de les calmer, mais rapidement la situation dégénéra en émeute. La cité de Pégase, habituellement si calme et tranquille, connaissait pour la première fois de son histoire un soulèvement public. Aélig, Amos et les autres dignitaires s'enfuirent par l'arrière de l'amphithéâtre et regagnèrent en toute hâte la Ville pourpre.

Une fois en sécurité, le grand prêtre demanda à sa nouvelle reine:

– Que proposez-vous maintenant?

– Je ne propose rien pour l'instant! répliqua Aélig, en colère. Le peuple ne sait pas toujours ce qui est bon pour lui, mais, moi, je le sais!

– Mais ils refusent votre rodick, fit Frangroy, hésitant. Il vous faudra…

– Ils ne le refuseront pas longtemps! Je suis catégorique là-dessus. Lorsqu'ils le connaîtront, ils l'aimeront, comme je l'aime moi-même. Amos est un être extraordinaire qui saura, avec le temps, conquérir leurs cœurs!

– Euh… si quelqu'un veut mon avis, intervint Amos, je suis certain qu'ensemble nous pourrions arranger les choses…

– Plus tard, plus tard, mon beau rodick, répondit Aélig. Pour l'instant, je suis fatiguée ! La mort de mon père, l'émeute et maintenant ton retour alors que je te croyais mort… tout cela m'a complètement bouleversée. Je vais aller me reposer dans mes quartiers. Mais si on dînait ensemble ce soir ?

– Très bien, d'accord, Aélig, dit Amos. Je comprends…

– Merci, mon roi ! s'exclama la jeune fille en embrassant son cher rodick. À tout à l'heure, alors ?

Amos regagna aussi ses appartements. Dès qu'il y fut, il fonça vers le meuble où étaient cachées sa gourde d'eau de la fontaine de Jouvence et la dague de Baal, mais elles n'y étaient plus. Amos fit venir l'une des servantes pour lui demander si sa chambre n'avait pas été habitée par quelqu'un d'autre durant son absence. Elle lui assura que non et ajouta même qu'à sa connaissance, personne n'y était entré non plus.

En fouillant la pièce, Amos découvrit une plume noire ainsi qu'une lettre. Il y était écrit ceci :

C'est moi qui suis en possession
de vos objets.

Rejoignez-moi au Temple interdit,
j'ai une proposition à vous faire.
Je vous y attends.
Frangroy.

12
Le Temple interdit

Le Temple interdit de la Ville pourpre était en réalité beaucoup plus qu'un endroit de prières et de recueillement. Ce que peu d'icariens savaient, c'est que cet endroit, en plus d'abriter les rouleaux sacrés d'or et d'ambre, était aussi un tombeau. Au centre du bâtiment, dans un sarcophage de verre, reposait le corps momifié du grand oracle, père créateur de la cité de Pégase. C'est lui qui, par ses visions, avait inspiré l'édification d'une ville grandiose dans les nuages où les hommoiseaux pourraient vivre en paix. Il avait réussi à unir les différentes races d'icariens dans un projet commun, celui de construire une société unifiée.

À la mort du grand prophète, les gardiens du dogme avaient préservé son corps dans l'espoir de trouver un moyen de le ramener à la vie. Sur les rouleaux d'or et d'ambre, gravés de sa main, l'oracle avait prédit sa propre résurrection. On pouvait lire sur le soixante-douzième rouleau, à la quatrième marque :

Ce ne sera pas un démon,
mais il maniera le feu,
Il résoudra l'énigme,
mais ne sera pas l'un des nôtres,
Il viendra des Enfers
avec l'eau des immortels,
Que mes lèvres touchent l'eau
et que mon corps en soit aspergé,
Ainsi, je reverrai le jour
et pourrai admirer ma création.
Jusqu'à l'arrivée de la déesse,
la nouvelle reine, je vivrai...
Jusqu'au début de l'ère nouvelle.

Dans une pièce froide, mal éclairée et aux murs de briques sombres, Amos regardait le corps momifié de l'oracle. À ses côtés, Frangroy et les moines du temple priaient en silence. C'étaient eux qui l'avaient accueilli pour le conduire ici, devant le plus illustre personnage.

– Je ne comprends pas tout des écrits du maître, confia le grand prêtre à Amos. Mais je suis convaincu que vous êtes bien celui que la cité attend. Aélig vous a amené à la Ville pourpre pour vous faire roi, mais je crois qu'elle se trompe.

– À vrai dire, avoua Amos, je ne sais plus ce que je fais ici ! J'ai suivi mon cœur et…

– Et vous voilà au centre de notre culte, fit Frangroy en souriant. Vous êtes ici dans le temple sacré des hommes-corbeaux et nous sommes les gardiens des prédictions du plus illustre membre de notre lignée. Dites-moi, honnêtement, arrivez-vous vraiment des Enfers comme il est écrit ?

– Au risque de passer pour fou, j'ajouterai même que j'ai traversé les neuf niveaux des Enfers et que j'ai vu, de mes yeux, la cité infernale.

– ÇA ALORS ! Et cette gourde que j'ai prise dans votre chambre, contient-elle l'eau des immortels ? Et peut-elle redonner la vie ?

– Elle le peut, oui… J'ai survécu grâce à cette eau.

– Et la dague ?

– Cette dague n'a aucune valeur, mentit Amos. C'est seulement mon porte-bonheur…

Frangroy parut bouleversé et versa même une larme. Jamais il n'aurait pensé être celui qui ressusciterait le grand oracle. Toute sa vie, il avait étudié les rouleaux sacrés. Il avait appris les enseignements du maître dans les moindres détails, spéculant sur les événements à venir, essayant de décoder les symboles et les significations et voilà que, maintenant, il pouvait, s'il le voulait, en discuter avec l'auteur. Oui, le grand jour de la résurrection était arrivé!

– Et pourquoi êtes-vous donc entré dans ma chambre pour me voler? demanda soudainement Amos.

– Euh… eh bien, fit Frangroy, mal à l'aise, lorsque vous avez résolu l'énigme durant le banquet, je me suis demandé si vous étiez celui que nous attendions. Comme le roi vous avait condamné à mort, j'ai pris la liberté de fouiller vos appartements. J'ai ainsi trouvé la dague et la gourde derrière le meuble. Ce n'est qu'à votre retour parmi nous que j'ai fait porter la lettre vous demandant de me retrouver ici. Je suis vraiment désolé, je vous croyais mort.

– Si je comprends bien, vous avez besoin de l'eau de ma gourde pour ressusciter l'oracle. Si je refuse de vous la laisser, que se passera-t-il?

– Alors là, ce qui est merveilleux, c'est que le maître avait tout prévu. Regardez cette clé!

Frangroy retira de son cou une chaîne d'or agrémentée d'un pendentif. Amos aperçut une clé en or, elle aussi, prisonnière d'un écrin de verre.

– Et à quoi sert-elle? demanda-t-il.

– Cette clé sert à ouvrir un coffre qui attend depuis des milliers d'années de livrer son secret! répondit le prêtre avec une mine réjouie. Dans ce coffre, se trouve un présent de l'oracle, en échange de votre gourde. Nous avons été des dizaines de grands prêtres à porter cette clé sans jamais savoir ce que le coffre sacré pouvait contenir. Alors, que diriez-vous d'aller voir maintenant?

– Allons-y, lança Amos, surpris par cette révélation. Je suis très curieux de voir ce que l'oracle veut m'offrir!

– Et moi donc! s'exclama Frangroy, ravi à l'idée d'ouvrir le coffre.

Amos et le grand prêtre empruntèrent les couloirs obscurs du temple pour déboucher sur une vaste pièce, rouge et or, où le grand coffre de marbre blanc les attendait patiemment. Frangroy retira son pendentif et, à l'aide d'un petit marteau de cérémonie placé sur un autel de bronze massif, brisa le verre qui renfermait la clé. Ce fut alors qu'Amos remarqua sa gourde et sa dague sur l'autel.

– Puis-je au moins reprendre la dague? demanda-t-il.

– Mais je vous en prie, dit le prêtre en se dirigeant vers le coffre. En ce qui concerne la gourde, je vous demande d'attendre de voir le cadeau de l'oracle. Vous déciderez ensuite si vous la reprenez ou non.

L'icarien glissa fébrilement la clé dans la fente du coffre. La serrure n'offrit aucune résistance et déclencha son mécanisme automatique d'ouverture. En tremblant, le prêtre plongea la main dans le coffre puis la ressortit avec deux morceaux de tissu d'une rare beauté. Il les posa sur l'autel et les déplia soigneusement. Deux diamants, chacun de la taille d'une cerise, s'offrirent au regard d'Amos.

– Voilà ce que le maître vous donne en échange de la gourde! annonça Frangroy avec une grande fierté. Vous aimez les pierres précieuses, n'est-ce pas?

– Pas particulièrement, répondit Amos, mais celles-là, je les veux bien, oui, en échange de ma gourde.

Au cœur des diamants, le porteur de masques avait reconnu au premier regard la lumière caractéristique des pierres de puissance du masque de l'air. Elles scintillaient comme des étoiles! Amos avait sous les yeux des pierres d'une exceptionnelle qualité, un peu à l'image de celles qu'il avait déjà reçues en cadeau des Phlégéthoniens.

– Alors, marché conclu? demanda le prêtre.

– Marché conclu! lui confirma Amos.

– Prenez-les, elles sont à vous, déclara Frangroy en lui présentant les deux pierres.

– Vous seriez aimable de les remettre dans leur tissu avant de me les donner, dit Amos qui ne désirait pas l'intégration des pierres tout de suite.

– D'accord! fit le prêtre en s'exécutant. Maintenant, je vous demande de bien vouloir quitter cet endroit, car nous devons nous préparer pour la résurrection de l'oracle. L'un de nos fidèles moines vous conduira jusqu'à la sortie.

– Une question avant.

– Oui, laquelle?

– Dans les prophéties de votre oracle, il est question d'une déesse et non d'une reine. Il est dit: «Ainsi, je reverrai le jour et pourrai admirer ma création. Jusqu'à l'arrivée de la déesse, la nouvelle reine, je vivrai… Jusqu'au début de l'ère nouvelle.» Attendez-vous l'arrivée d'une déesse ou d'une reine?

– Euh… je crois qu'il s'agit en vérité d'une reine qui sera aimée du peuple comme une déesse!

– Et qu'en pense Aélig?

– Aélig sait bien qu'elle est cette reine annoncée par la prophétie, et je suis du même avis.

– Autre chose. Pourquoi, selon vous, l'oracle Delfès a-t-il dit au roi que j'allais assassiner sa fille?

– Mais parce que c'est certainement ce que vous allez faire ! répondit le prêtre en haussant les épaules. Désolé pour vous, jeune homme, mais je ne suis pas devin ! Par contre, je sais que Delfès ne se trompe jamais…

– Cela voudrait dire qu'Aélig a véritablement tué son père ? dit Amos, stupéfait. N'était-ce pas l'une des prédictions de Delfès ?

– Je l'ignore, mentit Frangroy en baissant les yeux. Je n'ai pas de réponse pour vous, seulement un conseil. Saisissez le bonheur qui vous attend ! Aélig est une fille magnifique et vous ferez un bon roi. Allez ! au revoir !

– C'est ça, au revoir, lança Amos en quittant la pièce.

Comme l'avait dit Frangroy, l'un des gardiens du dogme se chargea de reconduire Amos aux portes du temple. Le porteur de masques vérifia s'il avait bien la dague de Baal et les deux pierres de pouvoir, puis il prit la direction du palais des invités.

Dans un des jardins qui se trouvaient sur sa route, Amos s'assit sur un banc. Il avait besoin de réfléchir, de faire le point.

Parmi toutes ces prophéties, il restait une énigme à résoudre, bien plus difficile que toutes celles qu'il avait connues.

« Delfès a dit au roi que j'allais être l'assassin de sa fille, songea-t-il, mais il m'a confirmé, à moi, qu'Aélig serait la dernière reine de la cité et qu'elle régnerait "à jamais" dans la Ville pourpre. Non, ça ne va pas! On ne peut pas mourir et régner en même temps! De plus, l'oracle du Temple interdit a clairement prophétisé l'arrivée d'une déesse! Delfès a pourtant vu juste lorsqu'il m'a dit que j'allais trouver ce que je cherchais dans le Temple interdit, puisque, depuis le début de ma mission de porteur de masques, je cherche les pierres de puissance et que deux d'entre elles s'y trouvaient. Je ne sais plus quoi penser!»

Amos se rappela alors du proverbe de Sartigan: «Les chiens n'aiment pas le bâton de la même façon que les hommes n'aiment pas la vérité.»

«La vérité est pourtant simple, se dit Amos. Si je ne la découvre pas, c'est que je refuse de la voir. Donc, si je réfléchis bien à ce qu'a dit Delfès et que je considère comme vrai ce qui est inscrit sur les rouleaux d'or et d'ambre, voilà ce que donne l'histoire: Aélig croit être la reine annoncée dans les écrits, mais, en vérité, ce ne sera pas elle. La cité de Pégase attend plutôt l'arrivée d'une déesse qui propulsera les icariens dans une nouvelle ère. Aélig a assassiné son père pour s'emparer du pouvoir et à mon tour, selon Delfès, je la tuerai bientôt. Je ne serai jamais remplacé dans son cœur parce qu'elle n'aura pas le temps de connaître un autre amour avant de mourir ! Une fois morte, Aélig régnera sur la Ville pourpre, mais uniquement de façon symbolique, puisqu'une déesse prendra le pouvoir. Maintenant, il me reste à trouver qui est cette déesse que les icariens attendent ! Une fois ce dernier mystère élucidé, je pourrai peut-être empêcher la mort d'Aélig. »

Amos, presque satisfait, regagna le palais des invités. Devant la porte de sa chambre, l'une des servantes aux longues jambes attendait son retour. Elle lui tendit de nouveaux vêtements.

– La reine vous attendra ce soir pour le dîner au pavillon des banquets. À sa demande, nos couturières vous ont préparé cette tenue de soirée. J'espère qu'elle vous plaira. S'il y a des retouches à faire, je vous prie de nous le faire savoir, afin que tout soit conforme aux désirs de notre nouvelle souveraine.

– Très bien, merci, répondit Amos. Dites-moi, il y a bien une bibliothèque dans la Ville pourpre ?

– Oui, lui confirma l'icarienne. Je vous l'ai même déjà montrée, à votre arrivée, durant votre visite des lieux. Il s'agit d'un pavillon de lecture avec des murs couverts de mosaïques. Vous trouverez là une grande collection de livres traitant de tous les sujets. Je vous y accompagnerai si vous voulez.

– D'accord, je vous le dirai.

Amos referma soigneusement la porte de sa chambre et jeta négligemment ses nouveaux vêtements sur le lit. Ensuite, il sortit les précieux tissus de sa poche et les posa délicatement sur la table, puis il les déroula en prenant bien soin de ne pas toucher aux pierres, qu'il contempla longuement.

«Elles sont magnifiques! J'ai hâte de connaître le pouvoir qu'elles recèlent!»

13
L'espion

Après quelques jours de voyage à pied, Sartigan arriva aux portes de Bratel-la-Grande. Il remarqua que les armoiries des cavaliers de la lumière avaient changé. Au lieu du soleil déployant ses rayons, c'était un demi-soleil représentant le crépuscule.

Les gardes voulurent l'empêcher de rentrer dans la ville.

– Les mendiants ne sont pas les bienvenus ici! fit l'un d'eux en le repoussant.

– Mais je ne suis pas un mendiant, précisa Sartigan. Je suis un voyageur…

– As-tu de l'argent sur toi? Montre-le…

Sartigan sortit quelques pièces de sa poche.

– Un voyageur sans plus d'argent, nous appelons cela un mendiant ici! lança le garde avec un rire gras. Va-t'en! Et vite, avant que je te botte les fesses!

– Excusez-moi, mais je suis attendu pour un travail dans cette ville, répliqua le maître qui avait une idée derrière la tête.

– Ah oui, hein? fit le chevalier en ricanant de plus belle. Eh bien, nous allons voir si tu mens! Je t'accompagne jusqu'à ton rendez-vous; si on confirme que tu es attendu, tu seras libre; autrement, je te jure que tu vas croupir en prison. Où allons-nous? Alors, vieux singe, où allons-nous?

– Je dois me rendre à l'auberge La Tête de bouc, répondit Sartigan avec un sourire franc.

Lorsque le patron de l'auberge vit Sartigan ouvrir la porte de son établissement, son sang ne fit qu'un tour. Il reconnut tout de suite l'homme qui, d'un seul doigt, avait gravement blessé trois de ses sbires. Au bar, plusieurs clients se levèrent de leur siège, abandonnèrent leur bière, et se mirent à longer les murs.

– Sou-soupe! dit Sartigan à l'aubergiste en guise de salutation.

– Cet homme prétend être attendu ici, est-ce la vérité? demanda le garde qui l'accompagnait.

– Je ne… ne… ne… sais… sou… enfin… je… euh…, balbutia le patron, en sueur.

– Vous m'avez demandé de venir laver votre vaisselle, non? murmura le maître.

– OUI, C'EST ÇA! s'écria l'aubergiste qui avait rapidement compris où se trouvait son intérêt. C'est mon plongeur! ENFIN, LE VOILÀ!

– Vous en êtes bien certain? lança le chevalier qui flairait la simulation.

– MAIS OUI! MAIS OUI! assura l'homme. Allez, toi! Va dans les cuisines! Dépêche-toi... le... beaucoup de travail t'attend!

– Et vous l'avez embauché quand? fit le chevalier.

– Ah! il y a de cela très longtemps! répondit l'aubergiste, de plus en plus mal à l'aise.

– Alors, pourquoi donc s'est-il présenté à moi comme étant un voyageur?

– Parce que... parce que je lui fais faire des voyages! Oui, c'est ça, des voyages! affirma le patron. Comme les routes sont dangereuses, je l'envoie à ma place faire des emplettes dans d'autres villes. Depuis l'attaque des gorgones, je ne sors plus de chez moi! Oh, non!

– Très bien, très bien, ça va! dit le chevalier, satisfait. Allez, bonne journée!

– Dès que le chevalier eut quitté l'auberge, le patron rejoignit Sartigan dans les cuisines et tomba à genoux à ses pieds.

– Ne nous faites pas de mal, monsieur, le supplia-t-il. Je sais que jadis nous n'avons pas été corrects avec vous, mais la situation, vous savez...

– Debout, répondit Sartigan en l'aidant à se relever. J'ai apprécié votre aide, alors voici pour vous.

Le maître prit une petite bourse sous sa bure orangée, et la tendit à l'aubergiste. Il y avait là une petite fortune en pièces d'or qui laissa l'hôtelier pantois.

– Bon, maintenant, j'aimerais bien avoir une chambre, déclara le vieil homme. Je veux aussi des vêtements noirs et du charbon, est-ce possible ?

– Bien sûr, bien sûr ! Avec tout cet argent, je vous les tricoterais moi-même, vos vêtements, s'il le fallait !

***

La nuit était tombée depuis des heures, mais Sartigan ne dormait pas ; il se préparait à sortir. Entièrement vêtu de noir, il s'était obscurci les mains et le visage avec du charbon, et était pieds nus. Il avait pris avec lui une corde finement tressée, ainsi que des grappins aux formes étranges.

Le maître ouvrit la fenêtre de sa chambre, vérifia que sa longue barbe était bien dissimulée et monta sur le toit de l'auberge. À la suite des événements de Berrion où des assassins avaient tenté d'éliminer Junos, Sartigan s'était proposé pour aller espionner le seigneur de Bratel-la-Grande. L'interrogatoire des coupe-jarrets avait fait ressortir le nom de Barthélémy et cette situation devait être tirée au clair. Avec la bénédiction de Junos, le maître avait donc pris la route de la capitale des chevaliers de la lumière.

Sartigan descendit du toit en s'accrochant à une gouttière, puis il gagna la rue. Sur la pointe des pieds, il se rendit jusqu'au château de Barthélémy. En utilisant les cavités naturelles de la fortification, il escalada la muraille et atteignit le chemin de ronde avec aisance. Deux gardes marchaient nonchalamment en discutant.

Rapide comme l'éclair, Sartigan se lança dans la cour intérieure du château. Il bondit dans les airs et atterrit une dizaine de mètres plus bas dans une charrette de foin, puis se glissa vite sous le véhicule. Il y demeura quelques minutes pour s'assurer que personne ne l'avait remarqué.

En observant le donjon, le maître constata qu'on avait posé des barreaux à toutes les fenêtres. Puis, comme une araignée, il commença à escalader le mur pour atteindre le toit du bâtiment. Après une heure de difficile ascension, il toucha enfin les premières tuiles de la couverture.

Tout en reprenant son souffle, Sartigan vit avec soulagement une large cheminée.

« Voilà exactement l'accès dont j'avais besoin ! » pensa-t-il en y installant sa corde et son grappin.

Le maître glissa à l'intérieur du conduit et déboucha dans une grande salle de réunion. L'intérieur du donjon paraissait calme; Sartigan en profita pour visiter les différents étages. Au sous-sol, derrière une lourde porte, il découvrit ce qui était vraisemblablement un laboratoire rempli de cartes anciennes, de livres et de parchemins.

– C'est toi? lança une voix masculine au fond de la pièce.

Sartigan se glissa sous un secrétaire afin de ne pas se faire voir.

– As-tu trouvé du thé? poursuivit la même voix.

Soudain, la porte du laboratoire s'ouvrit et un moine portant une théière entra dans la pièce.

– M'as-tu parlé? demanda une voix plus jeune.

– Oui! s'impatienta le gros moine obèse que Sartigan pouvait maintenant voir de sa cachette. Peux-tu répondre quand on te pose une question?

– Une question? Quelle question?

– Ah, rien, laisse tomber! Alors, ce thé?

– J'en ai trouvé dans les cuisines du seigneur, personne ne m'a vu!

– Je suis tellement fatigué de chercher dans ces papiers, se plaignit le mastodonte. As-tu pensé aux biscuits?

– Oups… non, désolé! s'excusa le jeune assistant. Si tu veux, j'y retourne…

– Non, je n'en veux plus maintenant, grogna l'obèse, et notre supérieur qui me force à suivre ce régime…

– Et il fonctionne, le régime?

– Pas pour mon tour de taille, mais sur mon caractère, j'ai vu tout un changement! J'ai envie de mordre tout ce qui bouge autour moi… J'ai toujours faim!

– As-tu trouvé quelque chose d'intéressant? demanda le jeune moine pour changer de sujet de conversation.

– NON! RIEN! RIEN! ET RIEN! Nous cherchons depuis des mois absolument pour rien. Cette chose n'existe pas! C'est une légende!

– Pourtant, Barthélémy affirme qu'elle existe! La déesse qui lui est apparue a confirmé que…

– C'est de la démence! La toison d'or n'existe pas; un point, c'est tout! Le seigneur est devenu fou et il nous force à chercher nuit et jour dans ces papiers et ces livres! J'en ai assez… et j'ai faim!

– Bon… allons dormir. Nous avons besoin de sommeil!

– Oui, tu as raison. Laisse le thé ici, nous le prendrons demain.

Les deux hommes éteignirent la lumière et quittèrent la pièce en refermant la porte derrière eux. Sartigan sortit de sa cachette et ralluma la lampe à huile. Il fouilla dans les papiers et subtilisa un vieux livre qui traitait des contes et des légendes des peuples anciens. Puis il quitta à son tour la pièce et marcha un peu partout dans le donjon en quête d'autres indices. Il s'arrêta bientôt près d'une porte entrouverte. De l'autre côté, trois gardes prenaient leur pause.

– Tu y crois, toi? dit l'un des trois.

– Pourquoi pas? répondit un autre. Barthélémy a autant de chances que Junos de devenir le chef chevalier des quinze royaumes.

– Moi, je n'y crois pas! fit le troisième. C'est le seigneur Junos qui sera élu grand chevalier, il a trop bonne réputation…

– C'est vrai, se ravisa le deuxième garde. Barthélémy est encore trop jeune. Les quinze royaumes ont besoin d'un seigneur plus expérimenté. Le seigneur Junos a toutes les chances…

– En tout cas, moi, je déteste nos nouvelles armoiries! Pffff…! Ce demi-soleil…

– Il paraît que c'est l'emblème d'une déesse…

– Eh bien! ça nous fait une belle jambe. Depuis son retour, notre seigneur a bien changé. Il est agressif et impatient. Je ne le reconnais pas…

– Tu sais ce qu'il a dit à ses généraux? Que très bientôt, lorsqu'il sera chef des quinze royaumes, il éliminera le mal sur tout le continent!

– S'agirait-il d'une croisade?

– Il semble bien que oui! Bon! Terminée, la pause! Il faut retourner sur la muraille…

En étant toujours aussi discret, Sartigan abandonna son poste et monta aux étages supérieurs du donjon. Il y surprit deux servantes en train de préparer le petit-déjeuner du seigneur.

– Il me fait peur, chuchota l'une d'elles. Tous les matins, au crépuscule, c'est la même chose! Le seigneur nous demande de lui préparer deux assiettes, mais il n'est jamais accompagné! Et je l'entends parler…

– Il parle à Zaria-Zarenitsa, lui confia l'autre. Je l'ai souvent entendu prononcer ce nom. Je pense que c'est une femme, car il est très doux et l'appelle « mon amour ».

– Je l'ai entendu dire qu'il ferait assassiner le roi chevalier des quinze royaumes! Il a aussi parlé d'éliminer le seigneur Junos de Berrion. Tu te rends compte? Je crois qu'il déraille…

– Crois-tu que nous devrions en parler à quelqu'un?

– Il vaudrait mieux garder cela pour nous! Les gens nous traiteraient de folles.

– Alors, tant qu'il sera notre seigneur, nous obéirons à ses ordres sans rien dire.

Sartigan quitta l'étage. Une fois revenu dans la grande salle de réunion, il pénétra dans la cheminée. En utilisant sa corde, il regagna le toit, puis se glissa furtivement à l'extérieur des murs de la forteresse. Il retourna à l'auberge, se lava, puis s'installa à même le sol pour dormir.

Pendant ce temps, Barthélémy s'était réveillé. Il alla prendre son petit-déjeuner avec Zaria-Zarenitsa.

14
Le tête-à-tête

Amos s'habilla rapidement. Troublé par ses réflexions, il se rendit au rendez-vous fixé par Aélig. Alors qu'il pensait trouver encore des dizaines d'invités au pavillon des banquets, il fut surpris de constater que son amie était seule.

La reine était plus belle que la lune et les étoiles réunies. Elle portait une longue robe rouge vif faite de voiles superposés donnant l'impression que le vêtement flottait de lui-même. Son cou était entouré d'un col montant, et une fine couronne d'or ornait sa tête en faisant ressortir la magnificence de ses plumes multicolores. Lorsqu'elle aperçut Amos, son visage s'éclaira de bonheur.

Devant cette image de grâce et de beauté, Amos se trouva bête d'avoir douté de la bien-veillance de son amoureuse. Comment une si belle créature aurait-elle tué son propre père? Aélig avait certes du caractère, mais de là à commettre un meurtre, certainement pas!

– Vous êtes très élégant ce soir, monsieur le rodick! le complimenta la jeune reine.

– Eh bien, je te retourne le compliment, Aélig, répondit Amos. Cette robe te va à ravir! Euh… il n'y a pas d'autres invités?

– Eh non! Je t'annonce que l'ère des banquets quotidiens est maintenant révolue! Nous entrons dans l'époque de l'intimité et de l'élégance…

– Ah bon! Alors, je suis content de ton initiative. Nous serons en tête-à-tête comme je le souhaitais.

– Te souviens-tu, Amos, de notre premier dîner sur la plage? Tu m'avais préparé un véritable festin! Je veux te rendre la pareille en t'offrant ce que les icariens font de mieux. Les cuisiniers de la Ville pourpre nous réservent un somptueux repas que nous prendrons sur la terrasse secrète. Viens!

Suivie d'Amos, Aélig traversa le pavillon des banquets, puis emprunta une petite porte habilement camouflée dans le mur. Après une brève descente, les jeunes amoureux débouchèrent sur une toute petite terrasse à flanc de montagne. L'endroit était parfait! Plus bas s'étendait la Ville royale avec ses grandes maisons cossues, alors qu'au-dessus d'eux les étoiles brillaient de mille feux.

– Alors, qu'en penses-tu? demanda Aélig. Cet endroit n'a peut-être pas le charme d'une plage déserte, mais c'est quand même bien, non?

– C'est épatant! s'exclama Amos, ébloui par la splendeur du lieu.

– Je suis très contente que tu aimes. Évidemment, nous dînons aux chandelles! Tu veux bien les allumer, s'il te plaît?…

Amos n'eut qu'à cligner des yeux pour que toutes les bougies s'allument en même temps.

– Oh! fit Aélig, j'avais oublié que… que tu avais des pouvoirs!

– C'est pratique, non?

– Oui, et en plus, c'est surprenant! Bon, je vais appeler le valet.

La jeune reine fit tinter une clochette et presque aussitôt un grand icarien à l'allure de pélican vint servir le repas. Les amoureux se mirent à table et les plats commencèrent à défiler.

– Te rends-tu compte, Amos, dit Aélig au cours de la conversation, que tout cela est maintenant à nous, pour la vie?

– C'est toi la reine, Aélig. Moi, je ne suis pas un icarien et cette cité appartient à ton peuple, pas au mien.

– Mais maintenant, tu fais partie de mon peuple! Dans trois ans, j'aurai dix-huit ans et nous nous marierons, et tu deviendras roi! Tout cela t'appartiendra aussi!

– Tu ne précipites pas un peu les choses? Tu sais, j'ai aussi des choses à faire de mon côté, comme ma mission de porteur de masques par exemple…

– Alors, je t'attendrai! Tu es le grand amour de ma vie et je ne veux pas que tu te sentes prisonnier ici! Ce que je veux, c'est ton bonheur. Je sais que les sans-ailes, eux, ont souvent la terrible manie de mettre les oiseaux en cage et je déteste ça. Ce n'est sûrement pas moi, une icarienne, qui vais mettre un sans-ailes en cage! Alors, pourras-tu me rester fidèle, dans ton cœur et dans ton âme?

– Je te resterai fidèle, Aélig, promit Amos, car je n'ai jamais été aussi heureux qu'aujourd'hui.

– Après tout ce que tu as vécu, continua Aélig, tu mérites bien une pause dans la cité de Pégase. La Ville pourpre attendra avec impatience ton retour et je serai là pour accueillir mon rodick, mon roi!

Le visage d'Amos s'obscurcit.

– Je voulais te demander une chose, dit-il. S'il te plaît, promets-moi de me dire la vérité…

– Je te le promets, répondit sans hésitation la reine. Qu'y a-t-il?

– Une question me trouble, mais je crains que tu réagisses mal…

– Vas-y, on verra…

– L'oracle Delfès avait prédit la mort de ton père et…

– Hum…, l'interrompit Aélig, tu veux savoir si j'ai assassiné mon père, c'est ça?

Amos opina de la tête et garda le silence.

– Et si je te disais oui, demanda Aélig en durcissant le ton, cela changerait-il les choses entre nous?

– Disons que ça les compliquerait un peu…

– Et toi, dans tes nombreuses aventures, as-tu déjà tué des gens?

– Il m'est arrivé de tuer, oui, mais seulement lorsque c'était inévitable… pour protéger ma vie ou celle de mes amis par exemple.

– Alors, dis-toi que si j'avais tué mon père, poursuivit la reine sur un ton cassant, c'est parce que cela aurait aussi été inévitable. Si je l'avais tué, cela aurait été pour protéger ma vie et celle des icariens du royaume.

– Mais l'as-tu tué, oui ou non? insista Amos.

– NON, JE NE L'AI PAS TUÉ! mentit Aélig. Me crois-tu sincèrement capable d'une telle horreur?

– Mais non… Je… je suis désolé, Aélig…

– Mais tu as quand même posé la question! Tes doutes à mon égard ont surpassé ta confiance en moi. Je suis vraiment très blessée que tu aies pu me croire capable d'un tel acte! Ma mère disait qu'il ne faut jamais parler politique à table parce que c'est la meilleure façon de gâcher un dîner!

– Écoute, Aélig, je ne voulais pas…

– Trop tard! conclut-elle, je n'ai plus faim!

Aélig se leva et quitta brutalement la table.

Quant à Amos, il demeura seul un instant puis, songeur, regagna ses appartements.

«Pourquoi Aélig a-t-elle employé le mot "politique"? se questionna-t-il. Je ne lui parlais pas de politique, je lui parlais de son père! Plus précisément de l'assassinat de son père! Comme la politique est la manière dont le gouvernement d'un État conduit une affaire, cela voudrait dire que, pour Aélig, la mort de son père n'a jamais été une affaire personnelle de famille, mais un acte politique! Mais comment a-t-elle pu agir ainsi sans que personne ne relève les indices d'un meurtre?»

– En l'empoisonnant, répondit tout à coup une voix féminine à côté de lui.

Sans s'en rendre compte, Amos avait dit la dernière phrase à haute voix. Une femme l'attendait sur le pas de sa porte.

– Oh! c'est vous…, fit le garçon en reconnaissant la servante. Qu'est-ce que vous avez dit?

– J'ai dit «en l'empoisonnant», répéta la femme-grue. Aélig a empoisonné son père, puis elle a maquillé le meurtre avec la complicité du médecin du roi. Le grand prêtre des gardiens du dogme est aussi au courant.

– Et vous, comment le savez-vous?

– J'étais dans la chambre lorsque c'est arrivé, expliqua la servante. J'étais allée aider une collègue à nettoyer la chambre du roi. Comme j'étais dans la salle d'eau, j'ai entendu quelqu'un entrer et j'ai reconnu la voix de la princesse demander à ma collègue de sortir. Comme j'allais quitter les appartements royaux moi aussi, j'ai entendu le roi qui demandait à boire. Aélig s'est aussitôt précipitée pour servir son père et ce n'était pas normal, ça! Je me suis alors cachée dans la salle d'eau et j'ai aperçu la princesse qui versait le poison dans la carafe de vin…

La servante répéta à Amos les derniers mots qu'avaient échangés le père et la fille.

– Puis, conclut-elle, je suis vite sortie de la pièce sans que personne ne me voie.

– Et pourquoi vous confiez-vous à moi? demanda Amos. Je pourrais vous dénoncer à la reine. Après tout, je suis son rodick!

– Parce que j'ai confiance en vous et que vous êtes un être bon, répondit la servante. Dans la Ville pourpre, la bonté et la compassion sont des choses très rares et, nous, hommes-pélicans ou femmes-grues, savons reconnaître facilement ces deux qualités lorsqu'elles se présentent.

– Vos aveux me brisent le cœur, déclara Amos, mais en même temps ils me font beaucoup de bien. Le doute est un fardeau difficile à porter. Je ne sais plus trop quoi faire maintenant…

– Partez…, lui conseilla la femme. Partez loin d'ici et ne revenez plus jamais! La Ville pourpre est salie par les meurtres et les complots, elle est pleine d'hypocrisie et de mensonges. La reine Aélig ne pourra rien changer à cela, car elle a grandi dans ce milieu! Et si vous deveniez roi, vous deviendriez comme elle. D'ailleurs, vous ne serez jamais roi…

– Comment en êtes-vous si sûre?

– Parce que la lignée des aigles huppés prépare le meurtre de la reine. Comme elle n'a pas encore de descendant pour la remplacer sur le trône et que le choix de son rodick ne semble pas plaire au peuple, ils s'empareront du pouvoir d'ici quelques mois et destitueront Aélig pour trahison.

– Mais quelle trahison?

– Quelle trahison? Mais l'union d'une icarienne et d'un sans-ailes! Selon nos lois, c'est un motif valable!

Amos réfléchit un peu, puis s'exclama:

– Je ne peux tout de même pas fuir comme un voleur!

– Ce qui se passe chez les icariens ne vous regarde pas, répondit la servante. Allez-vous-en, vous dis-je! Vous ne pouvez rien changer, rien améliorer. Votre présence ici est un affront pour le peuple…

Le garçon resta un moment silencieux.

– D'accord, merci, finit-il par dire, je penserai à tout cela.

– Bonne nuit, lança la servante en s'éloignant.

Amos fit mine d'entrer dans sa chambre, mais suivit la servante pour l'épier. Celle-ci sortit et s'arrêta derrière un buisson où quelqu'un l'attendait. Le porteur de masques remarqua que l'icarien tapi dans l'ombre avait une huppe sur la tête, symbole de sa lignée. En utilisant ses pouvoirs sur l'air, il demanda au vent de porter jusqu'à lui les paroles de la servante et de son interlocuteur:

– Lui as-tu fait peur? demanda l'icarien huppé.

— Je pense que oui, répondit la servante. Je lui ai dit la vérité sur Aélig et je lui ai aussi tracé un portrait dramatique des événements à venir ! Je crois bien avoir réussi à le convaincre de partir.

— Ce garçon a des pouvoirs qui dépassent l'entendement. Si nous voulons nous débarrasser de la reine et nous emparer du trône, ce rodick doit absolument partir !

— Je le surveillerai de près, dit la servante en fronçant les sourcils. D'autant plus qu'il m'a demandé, plus tôt, où se trouvait le Pavillon de lecture. Je ne sais pas ce qu'il mijote.

— Bon, très bien, je te fais confiance. Voilà ton argent. Continue ton bon travail et je t'assure que nous te serons reconnaissants lorsque nous serons au pouvoir !

— J'y compte bien… À demain !

Les deux conspirateurs se séparèrent et Amos retourna dans sa chambre. Décidément, il ne pouvait faire confiance à personne ici ! De tous côtés, ce n'était que conspiration et désir de pouvoir.

« S'ils veulent que je m'en aille, eh bien, je m'en irai ! se dit-il. Aélig m'a menti et je ne peux plus avoir confiance en elle, une meurtrière ! D'ailleurs, j'ai déjà perdu trop de temps ici ! Tellement que j'en ai presque oublié mes véritables amis. Demain, j'irai faire mes adieux. »

15
La catastrophe

Amos fit sa toilette, se mit au lit et passa une très mauvaise nuit. Il réussit finalement à s'endormir, mais l'impression d'être surveillé persista longtemps.

Devenu extrêmement méfiant à cause des jeux de pouvoir et des mensonges des icariens, le garçon se remémora, avant de sombrer dans le sommeil, sa dernière conversation avec Aélig, sa rencontre avec l'oracle et son passage dans le Temple interdit. Il en vint rapidement à la conclusion que toute cette histoire ne le concernait pas et qu'il ferait mieux de prendre ses affaires et de profiter de la nuit pour fuir. Puis il songea à sa mission de porteur de masques. Sa tâche ne consistait-elle pas à rétablir l'équilibre du monde ?

Rétablir l'équilibre voulait aussi dire réinstaurer l'ordre et la paix, et, manifestement, cette cité en avait bien besoin ! Mais comment faire ? Amos ne pouvait accomplir de miracle en faisant disparaître les rivalités entre les grandes lignées des aigles huppés et celle des paons. Toute la Ville pourpre semblait corrompue…

« Sartigan m'a souvent dit que les poissons pourrissent d'abord par la tête! pensa-t-il. Et je crois que la Ville royale et la Ville impériale sont saines. Le problème de la cité de Pégase, c'est sa tête! Mais oui! Les complications se trouvent au sein du gouvernement qui siège dans la Ville pourpre! Il faudrait y implanter un nouveau gouvernement et, pour être certain de son efficacité, trouver un moyen de destituer ses dirigeants s'ils s'éloignent trop de leur devoir. Je suis sur une piste, il faudra que je l'approfondisse! »

Au matin, la servante frappa à sa porte pour lui apporter son petit-déjeuner. Sur le plateau, il y avait aussi une lettre d'Aélig.

Cher Amos,

Je suis désolée de mon attitude d'hier soir. Comme je te l'ai dit, je te jure ne pas avoir commis d'actes moralement répréhensibles. La mort de père fut un malheureux accident; son médecin pourra te le confirmer. Je comprends que tu puisses avoir des doutes, mais tu dois me faire confiance. J'ai maintenant de grandes responsabilités face aux icariens de la cité de

Pégase et j'aurai besoin de toi à mes côtés. Si tu
veux, retrouvons-nous dans le jardin près de la
porte du Midi...

À bientôt,

Je t'aime

Aélig.

« Franchement ! Cette fille pense que je suis véritablement stupide ! se dit Amos en bouillant de colère. Je n'arrive pas à croire qu'elle me parle de confiance alors que personne dans cette fichue ville n'a la moindre idée de ce qu'est l'honnêteté ! Je sais maintenant qu'elle a tué son père et je déteste qu'on essaie de me manipuler ! D'ailleurs, depuis le début de cette histoire, je suis beaucoup trop complaisant, beaucoup trop gentil. Il faut que je retrouve mes esprits, que j'éveille le véritable Amos Daragon en moi. Mon passage aux Enfers a dû faire naître en moi un besoin de calme et de tendresse, mais c'est terminé maintenant ! Si je ne mène pas ma vie, je deviendrai prisonnier de la vie et des volontés de ceux qui m'entourent... C'EST TERMINÉ ! »

Sous le coup de l'émotion, Amos saisit ses deux diamants et les serra fort dans les paumes de ses mains.

– JE SUIS UN PORTEUR DE MASQUES! cria-t-il. JE NE SUIS PAS LE JOUET D'UNE REINE CAPRICIEUSE QUI SE MOQUE DE MOI!

Aussitôt, les pierres se mirent à bouillonner dans ses mains.

La magie des éléments pénétrait encore une fois dans le corps d'Amos en complétant, cette fois, le masque de l'air. Les diamants s'enfoncèrent dans les paumes du garçon en provoquant une désagréable sensation de froid intense. Un tourbillon de vent se forma autour de lui. La masse d'air, de plus en plus puissante, commença par déplacer les meubles, puis fit voler les fenêtres en éclats. Gagnant en force, la rafale fit bientôt exploser les portes de la terrasse et souffla la porte de la chambre. La grande baignoire de la salle d'eau se vida complètement et rejoignit, dans les airs, chaises, miroirs, rideaux et couvertures. Ce fut ensuite au tour des murs de se démantibuler. Briques et plâtre, colonnes décoratives et marbre blanc, tout se cassa dans un bruit infernal. Le tourbillon créé par le porteur de masques engloutit les trois pièces du dessus et aussi celles du dessous! Finalement, c'est l'aile complète du bâtiment qui s'effondra et entra, morceau par morceau, dans la danse macabre. Amos, toujours dans l'œil de sa tornade, avait perdu la maîtrise de l'élément !

Un gigantesque cône avait pris place au-dessus de la cité et la bombardait de tous les côtés de centaines de débris. Servantes, cuisiniers, valets et invités évacuèrent le bâtiment à tire-d'aile en hurlant de terreur ! Apeurés, les habitants des palais environnants fuirent également pour sauver leur peau.

Rapidement, la Ville royale et la Ville impériale se vidèrent de leurs habitants, pendant que des milliers de curieux survolaient, malgré l'interdiction, la Ville pourpre. Le chaos régnait dans toute la cité de Pégase, et les soldats, débordés par l'attroupement des badauds, commencèrent à s'affoler. Ils ne tardèrent pas à dégainer leurs armes pour en menacer la foule.

Amos aurait dû prévoir que ses fortes émotions allaient inévitablement créer un vortex dévastateur. Déjà, il avait failli mourir en intégrant quatre pierres dans le désert d'El-Bab. Même chose lorsque les Phlégé-toniens lui avaient fait cadeau de deux citrines jaunes. Maintenant, cette violente intégration de deux diamants d'une si grande pureté, mêlée aux flux émotifs du porteur de masques, n'avait pu que produire une catastrophe.

Dans l'œil de la tornade, Amos sentit renaître en lui des forces que son voyage aux Enfers avait anéanties. Son séjour dans la cité infernale avait fait de lui un esclave souffrant et malade, un fou débridé aux yeux hagards! Maintenant, ce serait différent! Il reprenait sa vie en main, tout comme sa mission. Il retrouvait la force brute de ses pouvoirs en décuplant sa maîtrise du vent. Comme il l'avait fait avec le feu dans les Enfers, il devait arriver à mater Éole. Lorsque Amos avait ordonné au Phlégéthon de le laisser passer, la rivière de feu avait obéi. Aujourd'hui, c'était au tour de cette tornade de se soumettre à la volonté du porteur de masques.

Le tourbillon cherchait maintenant à se détacher d'Amos pour continuer ses ravages sur un bâtiment intact. Comme un animal enragé, il voulait s'attaquer à toute la cité de Pégase. Il grossissait de minute en minute en s'alimentant des vents des hautes altitudes. Tournant sur elle-même de plus en plus vite, la tempête était devenue un monstre furieux, une bête indomptable.

Amos réussit à retrouver sa concentration et essaya de se libérer de ses émotions. Il sentait toujours en lui la fureur de l'amour blessé, mais il devait reprendre ses sens et calmer l'envie qui le brûlait de tout ravager.

– Calme-toi ! Calme-toi…, demanda le porteur de masques à la tornade. Je t'en prie… calme-toi !

Loin de se laisser amadouer, le tourbillon redoubla de force. Ainsi, le vent exhortait Amos à le laisser agir, afin que la cité des menteurs et des meurtriers soit lavée de ses fautes. Tout détruire et tout reconstruire sur de nouvelles bases ! Voilà ce qui devait être accompli !

– Je t'en prie…, répéta Amos en s'adressant au vent. Ça ne sert à rien de tout raser ! La plupart des icariens ne méritent pas de perdre leurs maisons et leurs biens. Si je te commandais une chose pareille, je ne vaudrais pas mieux qu'une princesse qui assassine son père pour prendre le pouvoir…

Refusant toujours de se calmer, le tourbillon fit voler en éclats le pavillon des banquets et nettoya jusqu'au roc le magnifique jardin qui l'entourait. Partout, les icariens assistaient à la destruction de leur cité. La survolant de part et d'autre, des témoins voyaient le refuge royal pour la première fois. Malgré la menace des soldats qui tentaient de les empêcher de voler au-dessus de la Ville pourpre, des milliers de spectateurs stupéfaits regardaient la scène.

– Maintenant, commanda Amos avec autorité, tu te calmes… Je te l'ordonne ! Je suis ton maître et bien que ta fureur soit justifiée, j'exige que tu cesses immédiatement!

D'un coup, la tornade se résorba en laissant tomber sur la Ville pourpre des milliers de débris. Une pluie de morceaux de bois, de briques et de branches s'abattit lourdement sur le sol et endommagea le Temple interdit et quelques pavillons.

Il y eut alors un moment de silence lorsque les habitants de la ville découvrirent, au centre de ce qui avait été le vortex, le sans-ailes de leur reine. Il était là, devant eux, immobile et vulnérable.

– C'est lui! hurla un icarien. C'est le rodick!

– Le grand dieu Pégase nous montre le coupable du désastre! cria un autre. Occupons-nous de lui!

– Tuons-le!

– Tuons le sans-ailes et pillons la Ville pourpre! Notre nouvelle reine ne mérite pas toutes ces richesses!

Dans la Ville pourpre, un violent soulèvement populaire explosa comme une bombe. La tornade venait de s'infiltrer dans le cœur des icariens et allait détruire la monarchie. Les soldats commencèrent à tirer des flèches dans la foule, mais ils furent vite submergés par la vague aérienne des icariens en colère. Le pillage commença par les palais les plus richement décorés. Les voleurs se ruèrent d'abord sur les objets d'or et d'argent, puis jetèrent leur dévolu sur les toiles, les tissus et les meubles. Des tapis de très grande valeur furent sauvagement déchirés et les lieux sacrés, profanés sans vergogne. Seul le bâtiment des gardiens du dogme fut épargné, les hommes-corbeaux l'ayant construit comme une forteresse. Solidement armés, les prêtres et les moines du temple décochèrent des volées de flèches qui eurent tôt fait de dissuader les audacieux.

Plusieurs émeutiers, armés de couteaux et de lances, s'élancèrent vers Amos. En réalité, ils s'en prenaient beaucoup plus au symbole que représentait le rodick qu'au porteur de masques lui-même. Le garçon leur avait été imposé par la nouvelle reine et, malgré tout le bien qu'ils pensaient d'elle, ce manque de respect les avait profondément blessés. La population voulait être entendue! Tous les souverains avaient fait la sourde oreille trop longtemps, et la tempête ne pouvait plus être contenue.

Amos évita de justesse deux flèches et répliqua en jetant sur ses adversaires des flammes qui grillèrent leurs ailes. En s'aidant de ses nouveaux pouvoirs sur l'air, il repoussa trois autres assaillants avec une bourrasque qui les projeta violemment au sol. Prenant ses jambes à son cou, le porteur de masques courut pour tenter de se mettre à l'abri sous une pergola remplie de lierre.

« J'éviterai peut-être les flèches si je m'abrite sous ces plantes ! » pensa-t-il en pleine course.

Malheureusement, le porteur de masques ne fut pas assez rapide et deux flèches lui traversèrent le mollet droit. Il trébucha violemment dans une roseraie et s'écorcha le visage et les mains. Ensanglanté et boitant, il reprit sa course vers la pergola. Pour se donner un peu d'avance, il lança une rafale de vent qui déséquilibra ses poursuivants. Une lance perdue se ficha alors dans le sol juste devant lui. Amos s'en saisit aussitôt et fit volte-face, sa nouvelle arme en main, pour affronter ses ennemis. Prêt à enflammer le jardin pour faire cuire les icariens, il vit soudain un hommoiseau se transformer en statue de pierre en plein vol avant de s'écraser en se brisant en mille morceaux. Puis le phénomène se répéta une deuxième, une troisième et une quatrième fois.

Tous les autres icariens finirent par se poser sur le sol. Contre toute attente, ils refermèrent leurs ailes et se prosternèrent devant le porteur de masques en tremblant.

Ne comprenant pas ce qui arrivait, Amos se retourna et aperçut, à travers les rayons du soleil, la silhouette d'une créature aux ailes ouvertes. Elle se tenait debout sur la pergola, bien droite, les mains sur les hanches. Ses cheveux dorés s'agitaient.

– On te perd à El-Bab en pleine catastrophe et voilà qu'on te retrouve ailleurs, en plein milieu d'une autre catastrophe! dit une voix familière. Décidément, mon ami, tu causes vraiment des ennuis!

– Mais qui êtes-vous donc? demanda Amos, aveuglé par le soleil. On se connaît, non?

– D'accord, petit malin! reprit la voix. Je te donne trois indices! Je mange des insectes, je nage mieux que toi et quand je fais un clin d'œil, on s'en souvient longtemps. Si tu ne trouves pas la bonne réponse dans la prochaine seconde, je demande à Béorf de te botter le derrière!

– NON! s'écria Amos. MÉDOUSA! WOW! C'EST TOI!

– Ah là là…, fit la gorgone en rigolant, tu détruis une ville et tu ne penses même pas à inviter les copains! Allez, dis bonjour à tes amis!

Médousa désigna du doigt un objet volant dans le ciel et Amos reconnut aussitôt la flagolfière! À son bord, Lolya et Béorf lui faisaient de grands signes.

Amos éclata alors en sanglots.

– Imagine le temps qu'il a fallu pour convaincre Béorf de monter là-dedans! lança la gorgone. Attrape-moi!

Médousa se lança dans les bras de son ami qui, toujours en larmes, la serra de toutes ses forces.

– Je suis tellement content que vous soyez là! Tellement, tellement content, tu ne peux pas savoir! Je n'arrive pas à croire que vous êtes là! Vous êtes bien là!!!

– Maelström n'a pas pu venir. Il est resté pour veiller sur Geser qui a eu un léger accident d'éclair. Je te raconterai. Mais avant, tu pourrais peut-être m'expliquer tout ça?

Dans la Ville pourpre, l'immobilité avait remplacé le tumulte. Les icariens, soldats comme servantes, prêtres ou simples habitants de la cité, tous étaient à genoux devant Amos et Médousa. Tête baissée, ils n'osaient plus bouger une plume.

– Ce doit être à cause de mes nouvelles lurinettes! lança Médousa. Je savais qu'elles feraient beaucoup d'effet!

16
La déesse

La religion est un ensemble de croyances, de dogmes, de pratiques et de rites qui définit le rapport d'un être vivant avec une puissance divine ou surnaturelle. C'est un système qui permet d'interpréter le monde et de donner des réponses aux grandes questions de la vie.

Les icariens croyaient fermement en la réincarnation. À sa mort, le corps redevenait poussière, libérant ainsi une essence immortelle à deux facettes : l'âme (la lumière de vie) et l'esprit (la conscience d'exister). Cette essence de vie double descendait alors dans le royaume des morts où elle se divisait. L'âme s'échappait vers le soleil où Pégase lui-même la rechargeait, alors que l'esprit continuait sa route vers la lune où l'attendait Méduse, la première des gorgones. Dans la mythologie icarienne, les écrits racontaient que Pégase était né du sang de la gorgone et que, depuis ce jour, il polissait les esprits des morts pour leur donner le lustre nécessaire à une future réincarnation.

Une fois l'esprit inspecté par Méduse et l'âme remplie par Pégase de sa quantité maximale de jours, les deux essences de vie fusionnaient à nouveau pour redevenir une seule entité et intégrer le corps d'un jeune icarien naissant.

En raison de cette croyance, la gorgone était considérée, dans la culture de la grande cité, comme une créature mythologique aux pouvoirs divins. Pour les icariens, il n'existait qu'une seule et unique gorgone et c'était celle de la légende ! Impossible pour eux de concevoir qu'il pouvait y en avoir plusieurs, bien vivantes dans le monde réel.

Voilà pourquoi l'arrivée de Médousa avait provoqué une commotion chez les habitants de la cité. Les icariens pensaient avoir devant eux la réincarnation de la déesse lunaire. La mère du grand dieu Pégase avait quitté la lune pour revenir sur terre afin de les guider.

Une voix forte s'éleva dans la foule des adorateurs.

– Je suis l'oracle des oracles, dit un très vieil homme-corbeau appuyé sur son bâton, et j'attends ce jour depuis mille ans. J'ai écrit les rouleaux d'or et d'ambre et aujourd'hui je vois que mes prophéties se sont réalisées. Je vous accueille, déesse, et vous demande de bénir le peuple des icariens.

L'homme qui venait de parler était celui qu'Amos avait vu dans le tombeau vitré du Temple interdit. L'eau de la fontaine de Jouvence avait vraisemblablement accompli le miracle escompté par les gardiens du dogme.

– Euh…, fit Médousa en regardant Amos, je fais quoi, là?

– Tu bénis le peuple, lui murmura-t-il à l'oreille.

– Bon, très bien, bredouilla la gorgone. JE VOUS BÉNIS ET JE VOUS SOUHAITE UNE BONNE JOURNÉE! Viens, Amos, on fout le camp, nous retournons à Upsgran…

– Je ne crois pas que les choses soient aussi simples, Médousa, répondit le porteur de masques en la retenant par le bras. Les icariens croient que tu es une déesse…

Amos s'était rappelé les écrits de l'oracle des oracles qui disaient ceci:

Ainsi, je reverrai le jour
et pourrai admirer ma création.
Jusqu'à l'arrivée de la déesse,
la nouvelle reine, je vivrai…
Jusqu'au début de l'ère nouvelle.

En vérité, cette prophétie annonçait l'arrivée de… Médousa.

– Si j'avais su, soupira le garçon en souriant, je me serais moins creusé la tête pour trouver une solution aux augures!

L'interrompant dans ses pensées, l'oracle des oracles reprit la parole:

– Votre sagesse est grande, déesse de la lune et mère des esprits des morts, car cette journée sera la meilleure qu'ait connue et que connaîtra la cité de Pégase. Vous avez tendu vos ailes pour descendre jusqu'à nous et, maintenant, votre peuple écoute! Parlez, nous exécuterons!

– Mais je n'ai rien à dire, chuchota Médousa à Amos. Je leur dis quoi, moi, à tous ces gens?

– Dis-leur que des amis venus du ciel descendront te rejoindre et que tu veux te recueillir dans le Temple interdit! Dis-leur aussi de quitter la Ville pourpre et de rentrer chez eux dans le calme.

– ALORS VOILÀ! JE VEUX ME RECUEILLIR DANS LE TEMPLE POURPRE…

– Interdit… Le Temple interdit, la corrigea Amos.

– INTERDIT, OUI, INTERDIT! reprit la gorgone. DES AMIS À MOI QUI VIENNENT DU CIEL ME REJOINDRONT POUR…

POUR… PARLER DE… DE CHOSES QUI NE VOUS REGARDENT PAS. ENFIN, RENTREZ CHEZ VOUS ET PRIEZ JUSQU'À NOUVEL ORDRE! ALLEZ, OUSTE!

Le peuple se leva et regagna en silence la Ville impériale et la Ville royale. Les icariens de la Ville pourpre, y compris les soldats, demeurèrent sur place, tête baissée.

– Demande-leur de nettoyer les dégâts, murmura Amos à Médousa. Ça les occupera un moment…

– CEUX QUI RESTENT, ordonna Médousa, VEILLERONT À DONNER UN BON COUP DE BALAI! IL FAUDRAIT AUSSI REMETTRE LES CHOSES EN PLACE… EXÉCUTION!

Comme des robots, les hommoiseaux se mirent au travail.

Du haut des airs, Béorf laissa tomber un câble qu'Amos attrapa sans difficulté. Avec l'aide de quelques soldats icariens, il fit descendre la flagolfière jusqu'à terre et l'arrima solidement. Lolya bondit de la nacelle et se jeta dans les bras de son ami en pleurant de joie.

– Il y a si longtemps…, dit la jeune Noire en serrant Amos contre elle de toutes ses forces.

– Trop longtemps…, répondit-il. Laisse-moi te regarder, tu as beaucoup changé! Tu es encore plus magnifique!

Lolya n'était plus la fillette qu'il avait connue, mais une jeune femme. Elle était plus grande et beaucoup moins frêle. Ses yeux vifs brillaient d'une lumière qu'Amos remarquait pour la première fois. Son visage, auparavant un peu potelé, s'était affiné, lui conférant une allure plus féline.

– Toi aussi, tu as changé, remarqua la nécromancienne qui ne le quittait pas des yeux.

À cause des atrocités qu'il avait subies dans les Enfers, Amos avait effectivement un visage plus dur et davantage marqué par la souffrance. La candeur de sa jeunesse s'était effacée pour faire place à un sourire plus mature et à un regard plus pénétrant. Le porteur de masques n'avait rien perdu de son charme, au contraire, mais il était maintenant habité par des sentiments plus graves.

– Bon, assez les minauderies! fit Béorf en poussant gentiment Lolya. C'est à mon tour de lui briser les os!

Il étreignit Amos si fort qu'il lui fit craquer les os du corps. À l'instar de ses amis, le gros garçon avait changé. Ses muscles s'étaient développés et sa voix, d'une octave plus basse, ressemblait à celle de Banry. Les favoris plus touffus et le corps plus poilu, Béorf avait l'allure d'un véritable béorite d'Upsgran.

– Alors, vieille branche? lança-t-il. Toujours aussi joli garçon, à ce que je vois!

– Et toi, répliqua Amos en rigolant, toujours aussi affamé?

– Vraiment pas, non! Le voyage en flagolfière m'a retourné l'estomac. Tu me connais, quand je n'ai pas les pieds sur terre…

– Amos Darrragon! Quel grrrand plaisir de te rrrevoirrr! fit une voix dans la flagolfière.

– Flag Martan Mac Heklagroen? s'étonna Amos. Est-ce bien vous?

Flag sortit la tête de la nacelle.

– Qui d'autrrre aurrrait pu guider vos amis jusqu'à vous? fit le lurican, au comble de la joie. Chez moi, sur l'île de Frrreyja, on dit qu'on a toujourrrs besoin d'un plus petit que soi! Et comme les lurrricans sont toujourrrs les plus petits, on a donc toujourrrs besoin de nous!!! Hé! hé!

– Et maintenant, si nous allions dans le temple pour discuter? proposa Médousa. Je trouve que les gens de la ville commencent à nous regarder d'un drôle d'air…

– Tu as raison, dit Amos. Allons-y…

– Moi, je rrreste ici avec la flagolfièrrre! lança Flag en allumant sa pipe. Je dois la recharrrger d'huile de rrroche et j'ai quelques rrréparrrations à effectuer surrr le gouverrrnail… Je vous attends, prrrenez le temps qu'il vous faut!

– Très bien, répondit le porteur de masques. À plus tard, Flag!

Les quatre compagnons entrèrent dans le temple où les hommes-corbeaux, gardiens du dogme, les accueillirent cérémonieusement. Deux prêtres les conduisirent dans une grande salle qui ressemblait à une chapelle et se retirèrent sans prononcer un mot. Sur une table, de la nourriture et des boissons les attendaient.

– Il faut que tu m'expliques ce qui se passe ici, Amos, commença Médousa.

– Et où étais-tu depuis l'effondrement de la tour d'El-Bab? continua Lolya.

– J'ai récupéré *Al-Qatrum* et tes oreilles de cristal, ils sont à Upsgran, ajouta Béorf. Tu sais que nous avons cherché ton corps pendant près d'un mois?

– Pourquoi ces créatures me prennent-elles pour une déesse? reprit Médousa.

– Ta mère est en vie, le savais-tu? enchaîna Lolya. Et Maelström! As-tu hâte de le revoir?

– Es-tu vraiment allé dans les Enfers? poursuivit Béorf. Ah oui! Nous devons te parler de Ramusberget, aussi! Il y a des choses étranges qui…

Amos leva les bras pour faire taire ses amis.

– Un à la fois, dit-il en rigolant. Je sais que nous avons beaucoup de rattrapage à faire, mais…

On frappa alors à la porte. Après une courte hésitation, Médousa demanda :

– On ouvre ?

– Euh… pas tout de suite ! répondit Amos. Arrangeons d'abord la pièce…

– Arranger la pièce ? Mais pourquoi ? lança Béorf.

– Je t'expliquerai…

Amos couvrit le petit autel d'une grande nappe sur laquelle il installa une grosse chaise de bois. Puis il disposa les autres sièges en direction de ce trône improvisé et demanda ensuite à la gorgone d'y prendre place.

– Bon…, fit le porteur de masques, je vous demande de jouer le jeu ! Faites-moi confiance, je vous expliquerai plus tard. Médousa, tu es une déesse venue rétablir l'ordre dans la cité ! Béorf, transforme-toi en ours et va à ses pieds, près de la chaise, l'effet sera saisissant !

Lolya prononça quelques paroles magiques et une fumée glauque s'éleva du sol.

– C'est pour l'ambiance, précisa la nécromancienne. Qu'en pensez-vous ?

– Tu es extraordinaire ! s'exclama Amos. Voilà exactement ce dont nous avons besoin !

Donc, Lolya et moi ferons semblant de prier. S'il y a un problème, je t'enverrai un message, Médousa, pour te dire quoi faire. Faites-moi confiance et tout se passera bien!

– Sacré Amos! murmura Béorf à la gorgone. Il est à peine revenu dans notre vie que nous nous amusons déjà follement!

– Parle pour toi, chuchota Médousa. Ce n'est pas toi qui joues la déesse!

– Normal! ajouta Béorf, ce sont les plus belles créatures qui ont toujours les plus beaux rôles!

– Oh! fit Médousa en rougissant. Tais-toi, beau parleur!

Amos alla ouvrir la porte et découvrit Aélig de l'autre côté. Elle était accompagnée de l'oracle des oracles et du prêtre Frangroy.

– Je veux parler à la déesse, dit-elle froidement. Puis-je?

– Oui… elle est là. Tu peux entrer…

– Il faudra que tu m'expliques pourquoi la déesse semble si bien te connaître, glissa Aélig à l'oreille d'Amos. Sa présence me contrarie beaucoup!

La reine pénétra dans la pièce en ordonnant à son escorte de l'attendre à l'extérieur. D'un pas régulier et sûr, elle avança très dignement vers le trône, puis s'agenouilla devant la gorgone.

– Je suis Aélig, dit-elle, souveraine de la cité de Pégase. Je vous souhaite la bienvenue parmi nous.

– Merci beaucoup, répondit Médousa en s'éclaircissant la voix. Votre accueil me touche beaucoup.

– Le peuple, les oracles et les prêtres semblent croire que vous êtes descendue de la lune pour prendre le contrôle de la cité, est-ce la vérité?

– Euh… mes intentions ne sont pas… encore… pas encore arrêtées à ce sujet.

– Je comprends… Vous venez sans doute me mettre à l'épreuve pour savoir si je suis bien celle que les prophéties annoncent!

– Euh… oui… c'est cela…, répliqua Médousa. Si vous êtes digne de… de gouverner… je retournerai sur la lune!

– Sachez, grande déesse, que j'occupe la position de reine depuis très peu de temps et que mes preuves sont encore à faire. Amos Daragon, que vous semblez bien connaître, pourra sans doute vous parler favorablement de moi. Depuis que nos regards se sont croisés, nos cœurs se sont intimement liés. Il est mon rodick. Il est celui que j'ai choisi pour gouverner cette grande cité à mes côtés et pour devenir roi des icariens. Nos sentiments sont purs et… et nous nous aimons passionnément!

À ces mots, Lolya se sentit défaillir. Sous la violence de l'émotion, son cœur faillit s'arrêter de battre. Des sentiments confus d'effroi et de colère la chavirèrent en lui mouillant les yeux. La crainte de voir sa place ravie par cette créature dans le cœur d'Amos et de le perdre à jamais était insoutenable. Cette Aélig venait de tuer tous ses espoirs. Une jalousie brûlante s'empara de la nécromancienne et lui fit serrer les dents de rage.

Médousa, qui connaissait les sentiments de son amie pour Amos, observa sa réaction du coin de l'œil. Rapidement, elle tenta de reprendre la situation en main.

– Les amourettes de passage d'Amos Daragon ne constituent pas une référence dans l'aptitude à gouverner une cité. Je prends quand même bonne note de ce que vous me dites…

– Vous vous méprenez, il ne s'agit pas d'un amour passager, insista Aélig. Amos deviendra roi de…

– Il ne deviendra roi de rien du tout ! coupa Médousa. Il a autre chose à faire que de flâner dans votre ville et sa mission est plus importante que n'importe qui ou n'importe quoi ! Et tant que je serai là, Amos ne se mariera avec personne !

– Mais… je…

– Terminé ! Laissez-nous maintenant…
J'ai besoin de me reposer !

La reine se releva dignement et se dirigea
vers la porte. En passant près d'Amos, elle lui
murmura :

– Ne t'inquiète pas… j'ai un plan !

Une fois que l'icarienne eut quitté la pièce,
Médousa et Béorf bondirent.

– Qu'est-ce que c'est que cette histoire de
roi ? tempêta la gorgone.

– Tu abandonnes tout ? grogna l'homme-
ours. L'équilibre du monde ne te concerne
plus ?

– Explique-nous vite, enchaîna Médousa,
parce qu'il y a plus important à gérer que les
volontés de cette Aélig !

– Nous n'avons pas fait ce voyage pour te
laisser ici, ajouta Béorf. En plus, savais-tu qu'il
y a un autre dragon dans la montagne de
Ramusberget et… ?

– Taisez-vous ! s'exclama Amos. Je vais
vous expliquer… Tout s'explique très bien
d'ailleurs.

– Est-ce que tu l'aimes ? demanda timidement Lolya qui n'avait pas encore bougé.

– Je crois que oui, répondit Amos après
quelques secondes de silence.

17
Quelques explications...

Amos s'assit et commença à raconter à ses amis les aventures qu'il avait vécues après l'effondrement d'El-Bab. Il leur parla de la dernière malédiction d'Enki qui l'avait propulsé dans les Enfers et de son arrivée dans le grand hall de l'angoisse. Ensuite, il fit la narration de sa lente et pénible descente vers la cité infernale, sans omettre de leur parler de Charon, de Cerbère, de Baal, de Grumson, des Érinyes et de son sauvetage du Tartare par les Phlégéthoniens. Il expliqua comment les petits bonshommes de lave avaient fait de lui un nouveau Phénix et leur parla également du désert de glace, d'Orobas et des marais de la colère. Il leur décrivit avec précision la forêt d'épines et le champ de ruines, puis leur dit dans les moindres détails comment Yaune-le-Purificateur l'avait courageusement aidé à traverser le huitième niveau jusqu'à la cité infernale. Ensuite, Amos fit une pause avant de poursuivre son récit.

– Après, je ne me souviens plus exactement de ce qui s'est passé, avoua-t-il. Je suis devenu très confus; mes idées se sont brusquement embrouillées et j'ai commencé à avoir des hallucinations. Par contre, je me rappelle avoir discuté de sujets importants avec d'autres damnés, mais de façon incohérente, complètement désorganisée. J'ai perdu la tête et…

Ses mains se mirent à trembler sans qu'il puisse les arrêter. De toute évidence, le souvenir de son passage dans la cité infernale le troublait encore énormément.

– Repose-toi un peu, lui proposa Lolya en lui prenant les mains. Il y a des choses qu'il vaut peut-être mieux garder pour toi.

– Non, non, ça va, répondit Amos, redevenu plus calme. J'ai de la difficulté à m'imaginer aussi déboussolé. Il me semble que je pouvais rester des jours entiers sans bouger, à regarder mes pieds ou à pousser des cris! J'avais perdu toute volonté, et puis j'entendais des voix… Des voix qui m'ordonnaient de me mutiler ou d'attaquer autrui. C'était horrible! Je tentais de leur résister, mais j'en étais incapable! Elles étaient devenues omniprésentes, c'était insupportable! À un moment, j'étais prêt à tout pour qu'elles se taisent quand, soudain, j'ai vu une grande lumière et… et…

– Et quoi? demanda Béorf, pendu à ses lèvres.

– Et j'ai vu et entendu Banry Bromanson qui me disait: «Nous te ramenons à la maison!» Finalement, je me suis réveillé sur une plage…

Devant ses amis tout à fait attentifs et ébahis, Amos continua son histoire en leur parlant de sa rencontre avec Aélig et de ses aventures dans la cité de Pégase. Il se vida le cœur à propos de la déception causée par son amoureuse en avouant qu'il avait de bonnes raisons de croire qu'elle avait tué son père.

À cet instant, Lolya reprit espoir et son cœur s'emballa. Bien qu'Amos eût de forts sentiments pour cette créature ailée, désormais elle ne serait plus un obstacle entre eux. Aélig ne deviendrait pas le cinquième membre de leur petit groupe et jamais elle n'aurait l'occasion de se racheter aux yeux du porteur de masques. La jeune icarienne avait commis l'irréparable en assassinant son père et, malgré son attachement pour elle, Amos ne lui pardonnerait pas une telle faute. La nécromancienne devrait donc retrouver sa place auprès de lui. Elle jouerait le rôle d'amie indéfectible jusqu'au jour où, peut-être, leurs cœurs pourraient enfin s'unir dans un même battement.

– Alors, voilà toute l'histoire, conclut Amos. Et vous, comment se fait-il que vous m'ayez trouvé ici ?

– Parce que nous sommes aussi futés que toi ! répliqua fièrement Médousa.

Lorsque Béorf avait reçu le message d'Amos, Médousa, Lolya et lui avaient décidé de partir à sa recherche. Comme le porteur de masques avait précisé qu'il se rendait dans une cité construite au sommet des montagnes, ils seraient obligés de voler. Maelström était encore trop frêle pour les porter tous, mais Médousa avait eu la brillante idée de retourner sur l'île de Freyja pour y emprunter la flagolfière. Faisant fi des protestations de Béorf, qui ne voulait plus monter dans cette machine infernale, la gorgone avait chevauché seule le dragon et avait volé jusqu'au pays des luricans où elle avait été accueillie comme une reine. Flag Martan Mac Heklagroen lui avait même fait préparer deux autres paires de lurinettes au cas où il arriverait malheur à la première. En quelques jours, Médousa était revenue avec la flagolfière sur les côtes d'Upsgran et avec une délégation de luricans chargés d'établir un village et une route aérienne de commerce.

– Mais je croyais que les luricans vivaient cachés sous terre, dans la crainte que Freyja les élimine ! dit Amos, très étonné.

– Plus maintenant! expliqua Médousa. Ils ont reconquis leur île et chassé la déesse. Aujourd'hui, ils construisent leurs maisons dans la grande plaine et contemplent chaque jour les courses folles des chevaux sauvages. Je crois que ton passage sur l'île a rétabli l'équilibre de leur monde à eux!

– Excellente nouvelle, ça! se réjouit Amos. Et est-ce que les luricans pensent vraiment s'établir à Upsgran?

– Non, non…, répondit Béorf. Pour l'instant, ils vivent dans la vieille forteresse des béorites en compagnie de Geser et de Maelström.

– Et comment a réagi la population du village?

– On ne le sait pas encore, avoua le gros garçon. Je ne suis plus chef et…

– Et il va le redevenir dès notre retour au village, l'interrompit Médousa. Béorf a, lui aussi, une grande mission à accomplir!

– Ah oui!? fit Amos, enchanté par la nouvelle.

– Je te raconterai plus tard, dit Béorf.

– Non, non! protesta Amos. Raconte maintenant!

Le jeune béorite relata donc les aventures qu'il avait vécues depuis la chute d'El-Bab jusqu'à la découverte de Gungnir. Il expliqua le malheureux accident de Geser et rassura

Amos en lui disant que la lance d'Odin était restée à Upsgran.

– Et avez-vous des nouvelles de ma mère? demanda Amos.

– Oui. Elle est bien vivante et elle est avec Sartigan, assura Lolya. Mes osselets de divination m'ont révélé qu'elle était retournée à Berrion.

– Très bien…, fit le garçon, soulagé. Comme vous, elle aura probablement reçu mon message! C'est une excellente nouvelle! Ah oui, Lolya, j'ai un cadeau pour toi!

– Pour moi? s'exclama la nécromancienne.

– Je crois que ceci te fera plaisir, continua Amos en lui présentant sa dague. Cette arme m'a été offerte dans les Enfers par un démon nommé Baal. Ne te fie pas à son apparence, car elle a prétendument de grands pouvoirs. Je crois qu'elle te sera plus utile qu'à moi! Tu découvriras comment la manier de la bonne façon…

Dès qu'elle prit l'arme, Lolya en devina toute la puissance. Cette dague avait une aura d'énergie cent fois supérieure à n'importe quel objet magique qu'elle avait déjà tenu entre ses mains.

– C'est… c'est…, bafouilla-t-elle, c'est un magnifique cadeau! J'en prendrai grand soin…

– Mais rappelle-toi toujours que c'est l'arme d'un démon, l'avertit Amos. Et Baal ne m'a jamais expliqué pourquoi il tenait tant à ce que je la rapporte dans le monde des vivants. Alors, je ne voudrais pas qu'il t'arrive du mal à cause d'elle, je ne me le pardonnerais pas…

– Ne t'en fais pas, le rassura Lolya. Tu peux dormir tranquille, je serai très prudente !

– Et qu'as-tu pour nous ? lança Béorf.

– Pour nous, tu n'as même pas un petit souvenir de ton magnifique voyage ? plaisanta la gorgone.

– Vraiment, là, je suis trop déçu…, ajouta le béorite en prenant un air pincé.

– La prochaine fois que j'y retournerai, rétorqua Amos, je vous rapporterai un morceau du mur du Tartare ou un peu de lave de Phlégéthon ! C'est bon ?

– Pour cette fois, oui ! fit Béorf en éclatant de rire.

– Mais dis-moi, Amos, demanda Médousa, redevenue sérieuse, as-tu une idée pour nous sortir de cette ville ? Je veux bien jouer à la déesse encore un certain temps, mais il faudra bien que cette comédie cesse vite !

Amos se gratta la tête.

– Oui, je pense avoir une petite idée. Pour rétablir l'équilibre dans la cité de Pégase, il faudrait que tous les citoyens puissent avoir la liberté d'expression et de religion. Le culte unique du dieu Pégase renforce trop le pouvoir des gardiens du dogme...

– Les gardiens du quoi? dit Béorf.

– Du dogme... Ce sont les prêtres de la cité. Je pense que les citoyens devraient pouvoir choisir leur roi. Ils devraient être consultés et demeurer libres d'exprimer leurs opinions sans se sentir menacés par les autorités.

– Mais que faire pour que la population puisse choisir son roi? lança Médousa.

– Chaque icarien pourrait voter pour le candidat de son choix, poursuivit Amos, et celui ayant accumulé le plus de voix deviendrait le roi de la cité de Pégase. Ce processus pourrait être répété, disons, tous les cinq ans, le temps que chaque élu montre sa capacité à gouverner.

– Crois-tu que ta copine Aélig acceptera d'être destituée? questionna Lolya.

– Je l'ignore et ça m'est égal, parce que malgré ce que je ressens encore pour elle, avoua Amos, elle ne mérite sans doute pas de conserver son titre.

– Bien..., approuva Médousa. C'est un bon plan et comment s'y prend-on pour le mettre en action?

– Nous devrions écrire une charte. Ensuite, tu la présenteras à l'oracle des oracles qui se chargera de la faire connaître au peuple. Je pense que si c'est la déesse elle-même qui demande aux icariens d'appliquer ces nouvelles règles, ils le feront sans discuter.

– Excellente idée! s'exclama Béorf. Nous pourrions ensuite retourner à Upsgran l'esprit tranquille!

– Alors, au travail! fit Lolya en prenant dans ses affaires une plume et un encrier.

Pendant ce temps, l'oreille collée à la porte, Aélig avait tout entendu. Elle avait préalablement congédié son escorte afin que personne ne sache qu'elle espionnait ainsi la déesse, et elle s'était installée pour écouter la conversation entre Amos et ses amis.

Rouge de colère, elle pestait en repensant aux paroles de son rodick: «Je crois qu'elle ne mérite pas de conserver son titre...» Quelle trahison de la part de celui qu'elle aimait! Comment avait-il pu lui faire cela, à elle?

«Mon père avait raison sur un point, pensa-t-elle, les sans-ailes sont des créatures fourbes qui n'ont pas plus d'honneur que de courage. Moi qui croyais pouvoir leur faire confiance, voilà que je me suis trompée! J'ai vraiment été idiote de croire qu'Amos tenait vraiment à moi. Je lui ferai payer cette déloyauté!»

La jeune reine regagna ses appartements et, toujours bouillante de rage, ordonna qu'on aille chercher deux de ses meilleurs archers. Elle aussi avait déjà son plan en tête: éliminer la déesse afin de reprendre son pouvoir sur la cité! Grâce aux discussions qu'elle avait entendues à travers la porte, Aélig savait que la gorgone n'avait rien d'une divinité et que son arrivée dans la cité n'était qu'une mise en scène improvisée.

À l'arrivée de ses archers, Aélig se radoucit:

– En tant que reine de la cité, je dois m'assurer que la déesse est réellement la divinité qu'elle prétend être. Nous devons vérifier qu'il ne s'agit pas d'une imposture! Cachez-vous près du Temple interdit à bonne distance de la porte centrale. Dès que la gorgone en sortira, l'un visera la tête et l'autre, l'abdomen. Vous la transpercerez chacun d'une flèche. Si elle est bien une déesse, ainsi qu'elle le prétend, elle survivra. Sinon elle mourra comme une simple mortelle.

– D'accord. Nous aurons besoin d'un signal afin de coordonner nos tirs, dit l'un des deux archers.

– C'est moi qui vous le donnerai. Je me placerai en haut de la tour, juste à côté des urnes funéraires. De là, j'aurai une bonne vue sur le Temple interdit. Je porterai à mon cou un foulard de soie rouge. Lorsque je le laisserai tomber, ce sera votre signal ! Rappelez-vous ceci : je ne veux qu'une flèche chacun, mais bien placée. Vous fuirez ensuite sans vous faire remarquer. Oh, j'oubliais… tout travail mérite salaire, n'est-ce pas ?

La reine sortit de sa poche deux petits sacs remplis de pièces.

– Tenez ! dit-elle en leur lançant l'argent.

– Merci de votre générosité, chère reine…

– Lorsque tout ceci sera terminé, je connais deux braves soldats icariens qui seront vite promus au titre de commandant en chef des troupes !

18
Les droits et les devoirs

Lolya trempa une dernière fois sa plume dans l'encre noire et mit un point final au document.

– Bon! lança-t-elle, satisfaite. Je crois que tout est là!

– Tant mieux, grogna Béorf, parce que je commence à être fatigué! Nous sommes là depuis des heures à discuter et, en plus, il n'y a plus rien à manger. C'est difficile de réfléchir le ventre vide!

– Tais-toi donc un peu, intervint Médousa. Nous sommes sur le point d'aboutir!

– Lolya, tu veux bien nous relire le document? demanda Amos.

– Oui, avec plaisir. Notre document se divise en deux parties. La première concerne les droits des habitants de la cité, et la seconde s'adresse au gouvernement.

Droits des habitants de la cité de Pégase

1 – Tous les habitants de la cité de Pégase sont à leur naissance des êtres libres et égaux.

2 – Tous les habitants de la cité de Pégase, même s'ils sont des sans-ailes, ont les mêmes droits et les mêmes libertés que les icariens de souche.

3 – Il n'y aura, dans la cité de Pégase, aucune distinction fondée sur la race, la couleur, la physionomie ou les croyances d'un ou de plusieurs de ses habitants.

4 – Tout résidant de la cité de Pégase a droit à la liberté et à la sûreté de sa personne.

5 – L'esclavage et la torture sont formellement interdits sur le territoire de la cité de Pégase.

6 – Aucun habitant de la cité de Pégase ne peut être arbitrairement arrêté, détenu ou exilé.

7 – Un habitant de la cité de Pégase est présumé innocent jusqu'à ce que sa culpabilité ait été légalement établie au cours d'un procès juste.

Devoirs du gouvernement
de la cité de Pégase

1 – Il y aura, dans la cité de Pégase, des élections libres et équitables qui devront être fixées dans le temps.

2 – Le gouvernement de la cité de Pégase devra gouverner de façon à ce que les droits des citoyens soient respectés.

3 – Le gouvernement de la cité de Pégase devra mettre en fonction un système de justice impartial et égal.

4 – Le gouvernement de la cité de Pégase devra travailler pour le bien de ses citoyens sans jamais faire passer ses propres intérêts avant ceux des habitants qu'il représente.

5 – Le gouvernement de la cité de Pégase devra fournir à tous ses citoyens les moyens de s'éduquer et de travailler afin de faciliter l'épanouissement de tous.

Les quatre compagnons se regardèrent avec fierté. Ils venaient de créer un document capable de changer l'histoire de la cité. La charte des droits et des devoirs était, de toute évidence, encore incomplète, car elle ne couvrait pas tous les aspects de la vie des icariens, mais c'était déjà un bon début. Dans ces quelques lignes, il y avait des idées capables de faire leur chemin et de créer, peut-être un jour, des sociétés plus justes sur tout le continent.

– Moi, intervint Béorf, j'ajouterais que tous les habitants de la cité de Pégase doivent manger à leur faim ! D'ailleurs, c'est un nouveau point que nous pourrions expérimenter tout de suite…

– Pour une fois, je suis tout à fait d'accord avec Béorf ! répliqua Amos en rigolant. Bon… il doit être tard…

– Oui, assez, le soleil se couchera bientôt, déclara Lolya en regardant par la fenêtre. Je vote aussi pour la proposition de Béorf, allons manger !

– Va pour la proposition ! lança Médousa.

– Très bien, je m'en occupe ! affirma Amos en bondissant de sa chaise. Il faudrait aussi penser à Flag dans la flagolfière ! Je vais d'abord le chercher…

Dès qu'il eut franchi la porte, Amos fut intercepté par l'oracle des oracles qui lui tendit une lettre.

– De la part de la reine, lui dit-il en présentant le pli.

– Merci bien, répondit Amos. Justement…
si vous avez du temps, la déesse aimerait vous
parler un peu plus tard…

– Ce sera avec plaisir. Elle me donnera
sûrement ses recommandations pour la
cité…

– Oui, il s'agit précisément de cela…

– Très bien, je m'y attendais… Merci et au
revoir.

– Au revoir, fit Amos en ouvrant la lettre.

Cher Amos,

*J'aimerais vous convier, tes amis et toi,
à dîner en ma compagnie ce soir. Je propose
que nous nous retrouvions dans le pavillon de
repos, tout près des grandes urnes funéraires.
Vous n'aurez qu'à emprunter la grande porte
du temple, elle vous mènera directement au lieu
du rendez-vous. Je vous y attendrai au coucher
du soleil.*

*Il me ferait grand plaisir de mieux connaître
tes amis.*

*Je suis certaine que nous nous pourrions très
bien nous entendre.*

Aélig

« Bon…, pensa Amos en retournant dans la salle où étaient rassemblés ses amis, je ne vois pas pourquoi nous refuserions cette invitation… »

Le garçon rouvrit la porte.

– Aélig nous invite à dîner. Est-ce que ça vous va ?

– J'ai tellement faim que j'accepterais même une invitation de Baya Gaya ! lança Béorf en se frottant le ventre.

– D'accord, dit Médousa sans grand enthousiasme. Nous apprendrons peut-être à mieux la connaître…

– Oui…, fit Lolya qui, pour elle-même, ajouta : « C'est toujours bon de connaître ses rivales… »

– On se donne donc rendez-vous au pavillon de repos, poursuivit Amos. Vous devez passer par la grande porte du temple et, après, c'est tout droit ! Je vais chercher Flag et je vous y rejoins !

Le porteur de masques quitta le temple et se dirigea vers la flagolfière. Les dégâts provoqués par sa tempête étaient encore bien visibles et des équipes d'icariens travaillaient toujours à nettoyer les lieux. Heureusement, la Ville pourpre était encore debout et la majorité des bâtiments n'avaient pas été touchés.

Le garçon trouva le lurican en pleine sieste, dans la nacelle; il ronflait comme un vrai béorite.

– Désolé de te réveiller, Flag, dit Amos en le secouant un peu. Nous sommes invités à manger. Veux-tu nous accompagner?

– Hein? Manger!? fit le lurican, tout endormi. Oh oui! C'est la meilleurrre idée de la jourrrnée, ça! Ne faisons pas attendrrre nos estomacs plus longtemps!

Flag s'étira, puis bondit hors de la nacelle pour suivre Amos.

– Et les réparations? lui demanda Amos sur le chemin du pavillon de repos.

– Tout va pourrr le mieux! se réjouit le lurican. La flagolfièrrre est comme neuve et nous avons encore beaucoup d'huile de roche!

– Je suis content de l'apprendre, j'espère que le…

– Arrrête-toi! l'interrompit soudainement Flag. Mais qu'est-ce que cet arrrcher fait, là-haut, dans l'arrrbrrre?

Amos leva la tête et aperçut un icarien de dos, au sommet de l'arbre, qui semblait sur le point de tirer. D'après son angle de tir, la cible paraissait être placée devant le Temple interdit.

Précipitant le pas, le porteur de masques aperçut tout à coup ses amis qui sortaient par la grande porte. Tout s'éclaira alors dans son esprit! Lorsqu'elle était venue voir la gorgone, Aélig lui avait confié qu'elle avait un plan dont, justement, il ignorait tout. Maintenant, tout se mettait en place: l'invitation à dîner, la porte du temple, le tireur embusqué, tout cela faisait partie de son fameux plan pour… tuer Médousa!

– BÉORF, MÉDOUSA, LOLYA! hurla-t-il. FUYEZ! FUYEZ VITE!

Mais son appel ne fut pas entendu.

À l'instant même, au sommet de la tour funéraire, Aélig laissa tomber son foulard et les icariens décochèrent chacun leur flèche.

En utilisant ses pouvoirs sur l'air, Amos ordonna au vent de faire dévier les projectiles.

Les deux flèches, provenant de chaque côté de la grande porte du temple, s'engouffrèrent dans une rafale si forte qu'elles furent projetées en direction de la tour funéraire. Elles terminèrent malheureusement leur course dans le corps d'Aélig qui passa par-dessus la balustrade et fit un plongeon de trois étages dans le vide. Sa chute lui arracha un cri horrible qui attira le regard de tous.

Témoin de ce spectacle macabre, Amos fléchit les genoux et s'écroula la face contre terre. Des voix, comme celles qu'il avait entendues dans la cité infernale, recommencèrent à lui chuchoter des horreurs. Une grande confusion embrouilla son esprit et le replongea dans la torpeur de son voyage aux Enfers. Son visage se figea aussitôt dans une expression de douleur intense, et son corps se raidit comme une barre de fer. L'oracle Delfès avait eu raison en prédisant qu'il tuerait Aélig!

Flag appela aussitôt à l'aide.

Béorf, encore secoué par la rafale, se précipita quand même vers Flag, tandis que Médousa et Lolya couraient vers Aélig.

Lolya se pencha sur le visage ensanglanté de l'icarienne. Les ailes cassées et le corps meurtri, Aélig n'allait visiblement pas survivre à ses blessures.

– Je vais vite aller chercher mes herbes dans la flagolfière, dit Lolya, j'ai quelque chose qui pourra atténuer sa douleur…

– Non… non, dit Aélig avec difficulté. J'ai senti… dans tes réactions lors de ma visite à la déesse… tout l'amour que tu éprouves pour Amos. Je… je voulais vraiment que… qu'entre lui et moi, les choses… se déroulent autrement. Tout est ma… ma faute. Il aura été mon… mon grand amour et… et je m'estime chanceuse d'avoir connu un si… un si noble sentiment. Je te le laisse… Je sais qu'il est entre bonnes mains avec toi… il sera heureux… voilà ce qui m'importe vraiment…

La jeune nécromancienne acquiesça en silence.

– Maintenant, continua Aélig en se tournant vers Médousa, j'aimerais… déesse… que mon peuple ne m'oublie pas. Je veux que mon corps reste ici… à jamais… pour que l'on se rappelle encore… de ma lignée. Transformez-moi en… en statue de pierre…

– Mais non! lança Médousa, ébranlée par la requête. Je ne peux pas, comme ça…

– S'il vous plaît…, insista Aélig. C'est tout ce que… ce que je demande… Je veux être à jamais… parmi les miens. S'il vous plaît, relevez-moi…

Avec l'aide de quelques icariens, Lolya aida Aélig à se relever. La jeune reine bomba le torse afin de prendre une position plus digne et essaya de cacher la douleur que lui causaient les flèches et ses ailes brisées.

– Vous êtes certaine de… de… vouloir être pétrifiée? demanda Médousa, hésitante.

– Allez-y… Je… je… Faites vite… Mes forces… m'abandonnent…

– Alors, regardez-moi dans les yeux, reprit Médousa en retirant ses lurinettes.

Dès que son regard eut rencontré celui de la gorgone, Aélig sentit sa peau se raidir et son corps se figer. En moins d'une seconde, elle fut transformée en statue de pierre. Tout se

passait comme l'avait prédit l'oracle Delfès :
«Elle sera la dernière reine de la cité de Pégase
et régnera à jamais dans la Ville pourpre.»
Dans le cœur d'Aélig, s'était aussi pétrifié le
souvenir de son grand amour, et ce, jusqu'à la
fin des temps.

Béorf surgit alors, complètement paniqué.

– Ça ne va pas du tout, Lolya! Vite, il faut
que tu viennes avec moi!

La nécromancienne et la gorgone abandonnèrent la statue d'Aélig et, guidées par
Béorf, coururent à toutes jambes vers Amos.

Elles trouvèrent le porteur de masques en
piteux état. Raide comme une barre de fer, il
respirait à peine. Les yeux fixes, les paupières
bien ouvertes, le garçon semblait complètement hors de la réalité.

– Que s'est-il passé? demanda Lolya au
lurican. Béorf! va vite chercher mes herbes
dans la flagolfière!

– Je ne sais pas, répondit Flag. Nous
devions aller casser la crrrroûte, puis je lui ai
fait remarrrquer un de ces étrrranges hommes
ailés qui était posté dans l'arrrbrrre. Il a fait
quelques pas et il est devenu blanc comme
un drrrap. Ensuite, un forrrt vent nous a
secoués, j'ai entendu le crrri de la jeune fille,
puis il est tombé là, rrraide comme une barrre
de ferrr.

– Oh non! Sais-tu ce qu'il a, toi? demanda Médousa à Lolya.

– Je pense qu'Amos nous a sauvé la vie et que les flèches qui nous étaient destinées sont celles qui ont tué Aélig.

– Tu veux dire qu'il les aurait fait dévier vers elle?

– Sans le faire exprès, répondit la jeune Noire. Amenons-le vite à l'intérieur du temple que je voie ce que je peux faire pour lui.

19
Berrion

Lorsqu'il ouvrit les yeux, Amos était dans un lit moelleux, sous un épais édredon de plumes. Un rayon de lumière entrait dans la pièce par la fente des rideaux. Dans la mi-pénombre, le garçon regarda autour de lui et constata que la pièce ne lui était pas étrangère. Elle lui rappelait la chambre qu'il avait déjà occupée dans le château de Junos, à Berrion. De toute évidence, celle-ci avait été refaite à neuf.

– Où suis-je? murmura Amos en s'asseyant sur le lit.

– Tu es à la maison, répondit une douce voix.

– Mais… je n'ai pas… de…

– Mais oui, mon garçon, reprit la voix, ton voyage est terminé…

C'est alors qu'Amos reconnut la voix de Frilla et qu'il la vit, à ses côtés, lui tendre les bras. La mère et le fils s'étreignirent longtemps en silence, laissant s'écouler des cascades de larmes de bonheur. Après l'attaque de Berrion, le voyage jusqu'à l'île de Freyja, l'aventure d'El-Bab et son passage dans les Enfers, Amos retrouvait enfin sa mère. Il la cherchait depuis si longtemps.

– Où sommes-nous et comment me suis-je retrouvé ici? lui demanda-t-il.

– Tes amis, Béorf, Lolya et Médousa, t'ont ramené ici, à Berrion. Vous êtes arrivés dans une étrange machine volante pilotée par un petit bonhomme roux.

– Je ne me souviens de rien…

– Tu étais dans un état lamentable, Amos. Depuis près de trois semaines maintenant, nous te veillons à tour de rôle. Et sans la persévérance et les soins de ton amie Lolya, je crois que nous t'aurions perdu pour de bon.

– Est-ce que j'étais blessé?

– Ton corps était en parfait état, mais ton esprit était sur le point de se rompre. Tu divaguais nuit et jour en hurlant des horreurs que je préfère ne pas te répéter. Nous avons même été obligés de t'attacher aux barreaux du lit, afin que tu ne te mutiles pas. J'ai pensé plusieurs fois que tu n'émergerais jamais de ton cauchemar…

– Pourtant, je me sens tellement bien maintenant…

– Je pense que Lolya a concocté le bon médicament pour te sauver. Elle a essayé des dizaines de remèdes, mais, depuis trois jours, elle te fait boire une potion qui a commencé par calmer tes crises de délire et tu as ensuite émergé de ta stupeur. Il faut dire aussi que Sartigan lui a donné un bon coup de main…

– Sartigan ? Il est ici aussi ?

– Nous sommes tous ici, Amos. Nous étions si inquiets pour toi. Attends, reste là, je vais annoncer la bonne nouvelle aux autres.

Frilla quitta la pièce, et le garçon en profita pour se lever, poussé qu'il était par une folle envie de sentir le soleil sur sa peau. Il avait des fourmis dans les jambes et était courbaturé comme s'il venait de courir un marathon. Il marcha lentement jusqu'à la fenêtre, puis tira les rideaux pour prendre un bain de lumière.

C'est à ce moment que Lolya entra brusquement dans la chambre et aperçut Amos, debout sous les rayons du soleil. La jeune Noire s'écroula en pleurant de joie. Leur cauchemar était enfin terminé : elle avait réussi à sortir son ami de la noirceur d'une folie dévastatrice.

Amos s'élança comme il le put vers son amie, mais ses jambes encore flageolantes lui firent perdre l'équilibre et il tomba à la renverse contre Lolya. Tous deux se retrouvèrent par terre. Ils riaient sans pouvoir s'arrêter.

– Je manque un peu d'adresse, dit enfin Amos en essayant de se relever. Je ne t'ai pas trop fait mal, j'espère ?

– Oh non, pas du tout ! s'exclama Lolya, au comble du bonheur. Attends... attends que je t'aide. Viens, asseyons-nous sur le lit !

– Très bien, répondit Amos en se laissant guider par son amie.

Les deux adolescents atteignirent le meuble et s'y assirent côte à côte, sur l'édredon.

– Quelle culbute ! dit Lolya en pouffant de nouveau.

– Ouf, tu l'as dit ! Merci pour ton aide.

– Mais ce n'est rien, voyons...

– Je ne dis pas ça parce que tu m'as ramené jusqu'au lit, précisa-t-il. Je parle de tes soins et de toute ton attention pour moi alors que j'étais... comment dire ?...

– Alors que tu étais malade, dit la jeune Noire. À ce propos, il faut que je te parle. Je crois que le choc de... que le choc provoqué par...

– ... par la mort d'Aélig, continua Amos. Tu peux le dire, car je m'en souviens très bien. C'est d'ailleurs la dernière chose que je me rappelle...

– Donc, ce serait le choc causé par sa mort qui t'aura plongé dans cette grande confusion. Tu sais, je crains beaucoup qu'un prochain bouleversement émotif ne te replonge dans cet état. Tu es fragile, Amos…

– Tu as peut-être raison, mais je ne vais tout de même pas m'arrêter de vivre pour autant!?

– Non, bien sûr, mais il faudra que tu sois très prudent. Comme tes émotions ont une influence directe sur ta magie, il ne faudrait pas que tu provoques des cataclysmes à répétition. D'ailleurs, à titre préventif, je t'ai préparé un remède qu'il te faudra prendre tous les jours.

– Eurk! Qu'est-ce c'est?

– Un mélange de plantes et d'ingrédients magiques, expliqua-t-elle en lui présentant un petit flacon. Il contient aussi un élément très puissant que j'ai pu me procurer grâce à l'aide de Sartigan. Il s'agit de larmes de licorne… Tu dois en prendre trois gouttes chaque matin jusqu'à ce que tu sentes que les blessures causées par les Enfers se cicatrisent dans ton esprit…

– Autrement dit, si je comprends bien, vous croyez que je suis dément et que j'ai besoin de médicaments pour me contrôler?

– Mais non, pas du tout! risposta Lolya. Tu n'es pas fou, mais ton âme est blessée.

Comprends-moi bien, on ne revient pas d'un voyage dans les Enfers comme d'une balade dans la forêt! J'ai sondé ton esprit pendant ton délire et je sais que les épreuves que tu as subies t'ont déchiré. J'ai l'impression qu'une partie de toi est restée là-bas. Tu sais, Amos, les blessures de l'âme se cicatrisent moins facilement que les blessures physiques, mais ne t'en fais pas, elles finissent par disparaître.

– D'accord, tu as raison. J'ai tant vu, là-bas, d'horreurs indescriptibles. Et la cité infernale m'a… Ç'a été si…

– Arrête-toi maintenant! lança Lolya. Ce n'est pas le moment de revivre ça! Pour l'instant, nous sommes à Berrion et une magnifique journée nous attend tous!

– Ça, c'est vrai! Profitons un peu du soleil!

– Béorf et Médousa dorment encore. Je vais les faire réveiller et nous prendrons le petit-déjeuner dans la cour intérieure du château. Habille-toi, nous t'attendrons en bas. Oh! n'oublie pas le médicament! Trois gouttes sous la langue…

– À vos ordres, docteur! fit Amos en rigolant. Laisse tomber pour les autres, ma mère est déjà partie les prévenir. Mais avant de partir, peux-tu m'expliquer la fin des événements dans la cité de Pégase?

La jeune Noire rapporta donc les dernières volontés d'Aélig et comment Médousa l'avait pétrifiée. Après quoi, le peuple des icariens avait installé la statue de sa jeune reine sur un socle de marbre, au cœur d'un des plus beaux jardins de la Ville pourpre. La charte des droits et des devoirs avait été remise à l'oracle des oracles, afin qu'il mette en place un nouveau système politique dans la cité. Flag Martan Mac Heklagroen les avait ensuite ramenés tous les quatre à Berrion et était vite retourné chez les icariens, à titre d'observateur de la déesse et de premier ambassadeur de l'île de Freyja. Le lurican avait de gros projets et voulait établir des liens commerciaux entre son peuple et la cité de Pégase.

Il désirait aussi créer une ligne aérienne composée d'une bonne dizaine de flagolfières afin de relier entre eux l'île de Freyja, Upsgran et la cité de Pégase. Son peuple avait été confiné trop longtemps sous terre; il était temps qu'il explore le monde.

Flag prévoyait aussi que la grande ville des icariens serait, dans un futur proche, une destination de choix pour les luricans désirant s'offrir des vacances. Il y avait là un marché encore vierge à conquérir et des centaines d'occasions à saisir!

– La suite de l'histoire est simple, continua-t-elle. Nous t'avons installé dans cette chambre et avons cherché un moyen de te guérir. Heureusement que Sartigan a pu nous fournir des larmes de licorne, car, sans cet ingrédient, je crois que nos efforts seraient demeurés vains.

– Merci pour tout, fit Amos, plein de reconnaissance. Je descends vous rejoindre bientôt...

Le garçon demeura seul et repensa à Aélig. Il se repassa les premiers moments de leur rencontre et revit leur premier dîner sur la plage. Une grande tristesse l'envahit, mais il ne se laissa pas abattre. Malgré son chagrin, la vie continuait et l'aventure allait bientôt se poursuivre. Les choses auraient pu être différentes entre l'icarienne et lui, mais la vie en avait voulu autrement. Pour les magnifiques moments passés ensemble, Aélig aurait toujours une place de choix dans son cœur; par contre, jamais il ne lui pardonnerait d'avoir assassiné le roi et tenté de tuer ses amis.

En s'habillant, le garçon remarqua, sur un banc près du lit, une nouvelle armure de cuir. Du même modèle que l'ancienne, elle était cependant plus épaisse et s'ajustait mieux à son corps.

« Merci, mère, pensa-t-il en reconnaissant le travail minutieux de Frilla. L'autre était devenue un peu serrée, mais celle-ci est parfaite ! »

Amos enfila ensuite ses grandes bottes, tressa sa natte et s'assura que sa boucle d'oreille à tête de loup pendait toujours à son oreille. Il la tâta en pensant à son père, Urban, assassiné par les bonnets-rouges… Puis il se rendit au rendez-vous.

À son arrivée dans la cour intérieure du château, Amos fut acclamé par des dizaines de chevaliers et plusieurs membres de la cour. Junos l'accueillit à son tour avec une chaleureuse accolade et le fit asseoir à ses côtés. Autour de la table étaient également rassemblés Béorf, Médousa, Sartigan, Lolya et Frilla.

– Je vois que mon élève semble en pleine forme pour reprendre sa formation, dit le maître sur un ton amusé.

– Mais, maître Sartigan ! lança Amos, tout surpris, vous parlez très bien notre langue ! Je serais effectivement ravi d'assister à vos leçons sans être obligé de porter les oreilles de cristal de Gwenfadrille. Surtout que je les ai égarées !

– Mais, non ! intervint Béorf. Je les ai récupérées ainsi qu'*Al-Qatrum* dans les décombres d'El-Bab ! Je te rendrai tes affaires après le petit-déjeuner… Mangeons d'abord !

– Je pense qu'il nous faudra beaucoup travailler pour raffermir votre esprit et calmer le feu de vos émotions, jeune porteur de masques! poursuivit le vieil homme.

– Donnez-lui le temps de se remettre un peu, intervint Frilla. Vous savez que mon fils doit se reposer.

– Mais bien sûr! D'ailleurs, dans mon pays, on raconte une histoire qui…, commença Sartigan en levant le doigt.

– Ah non! Non! Je refuse! s'exclama Junos. Je suis le premier à savoir apprécier une bonne histoire, mais aujourd'hui, s'il vous plaît, dispensez-nous de vos contes!

– Il dit cela parce que je suis meilleur conteur que lui, se moqua gentiment le maître. Il n'aime pas la concurrence, notre Junos.

– Vous êtes un vieux bouc, Sartigan! fit Junos en pouffant. Et vous avez la tête aussi dure qu'une mule! Il n'existe pas de meilleurs conteurs que moi sur tout le continent et vous le savez très bien!

– Vous voyez? Il est jaloux, répliqua le maître en haussant les épaules et en faisant un clin d'œil amusé à la tablée.

Tout le monde éclata de rire, alors qu'on déposait sur la table les plats du petit-déjeuner.

– Béorf m'a conté en détail vos aventures depuis que nous nous sommes quittés, après les événements de Ramusberget! dit Junos à Amos. J'aimerais bien les entendre de ta bouche! Si tu es d'accord, nous en parlerons après le repas…

– Non, je ne crois pas, s'interposa Frilla. Amos ira au lit pour reprendre des forces.

– Mais je croyais que nous pourrions peut-être aller pêcher ensemble! fit Béorf en avalant un morceau de pain au sarrasin. Il y a longtemps qu'on n'a pas…

– Pas du tout! l'interrompit Médousa. Je crois qu'Amos doit être informé de…

– De rien du tout! coupa Sartigan. Il doit vite reprendre l'entraînement, c'est primordial pour son équilibre.

– Moi, intervint Lolya, je me proposais de l'inviter à faire une promenade à l'orée du bois de Tarkasis. Le temps est magnifique, l'air est si doux…

– Alors, joli garçon, lança Béorf avec un grand sourire, que veux-tu faire?

Amos les regarda tous, en souriant de toutes ses dents. Quel plaisir de se retrouver avec eux, à Berrion, dans le confort et la chaleur de l'amitié véritable!

Les yeux de Lolya clignèrent rapidement et une lueur traversa ses profondes pupilles. Le garçon saisit immédiatement le désir de son amie de passer quelques heures avec lui.

– Je crois que c'est la promenade dans les bois qui me fera le plus de bien! décida-t-il en

se tournant vers Lolya, puis il ajouta, blagueur :
N'est-ce pas là ce qu'il faut pour me replacer
les idées, cher docteur ?

– Je vois, cher patient, répondit son amie,
que vous n'avez rien perdu de votre bon
sens !

20
L'avenir…

Amos avait bien mérité une longue période de repos à Berrion, même si le monde n'avait pas encore retrouvé son équilibre.

Le dragon de Ramusberget, le frère de Maelström, rôdait toujours dans le nord du royaume d'Harald aux Dents bleues. La bête, de plus en plus affamée, lorgnait depuis peu du côté des villages de la côte. Porteur de la malédiction du trésor du duc Augure de VerBouc, l'Ancien semait sur son passage la rage chez les bêtes sauvages des forêts environnantes. Des rumeurs avaient recommencé à circuler au sujet de ses allées et venues sur les terres glacées, et les Vikings se tenaient sur leur garde.

Gungnir, la lance d'Odin, espérait le jour de sa révélation aux peuples du Nord, puisqu'elle avait déjà si patiemment attendu sous la garde de la famille Bromanson. Béorf n'avait encore rien fait pour unir les peuples vikings, mais il agirait bientôt. Il était temps pour le jeune béorite de se tailler une place dans l'histoire de son peuple.

Karmakas, le sorcier nagas qu'avait repêché Lolya lors de sa chute vers les Enfers, avait miraculeusement survécu à l'attaque de Maelström. Sous son apparence de golem, il marchait péniblement vers Bhogavati, la capitale des hommes-serpents, en ruminant sa vengeance. Son nouveau corps, quasi indestructible, allait lui être utile pour la suite des événements. En lui, la force des éléments, enrichie de ses pouvoirs de sorcier, lui procurerait un indiscutable avantage sur ses ennemis.

Les moines adorateurs de Baal, établis à l'abbaye de Portbo, sur l'île d'Izanbred, scrutaient les étoiles, y cherchant des signes de l'arrivée de la dague sacrée et de sa porteuse. Les assassins, qui avaient attenté à la vie de Junos, croupissaient dans ses prisons sans se douter le moins du monde que Lolya, celle qu'ils recherchaient, se promenait tous les jours à proximité de leur geôle.

Dans les Enfers, les troupes du Valhalla avaient taillé une brèche immense entre le Styx et la cité infernale, si bien que la structure même des neuf niveaux menaçait de s'effondrer à tout moment. Les vagues du Styx inondaient à présent le territoire de

Cerbère qui, lui, s'était vu contraint de se réfugier dans les marais de la colère. Tous les prisonniers s'étaient échappés des murs du Tartare et les Érinyes ne savaient plus où donner de la tête. Les cataclysmes du huitième niveau des Enfers se répandaient maintenant aux étages supérieurs, si bien que le désert de glace fondait à vue d'œil. Le palais d'Orobas n'était plus qu'une large flaque d'eau. Baal avait eu droit à quelques tempêtes de neige, tandis qu'un raz-de-marée s'était chargé de déraciner la plupart des arbres de la forêt d'épines. Les armées de démons étaient en déroute et plus personne ne contrôlait quoi que ce soit.

Quant aux Phlégéthoniens, ils priaient leur nouveau Phénix sans se préoccuper véritablement de ces bouleversements. De son côté, Yaune-le-Purificateur regardait tous les soirs, du pont de l'Archéron, les splendeurs du monde des vivants défiler. Dans son cœur, l'ancien chevalier savait qu'il reverrait un jour les paysages qu'il avait tant aimés.

Barthélémy, lui, était obnubilé par la beauté de Zaria-Zarenitsa, elle-même contrôlée par Seth. Il préparait une grande croisade pour libérer le monde de toutes les créatures maléfiques. Le seigneur de Bratel-la-Grande désirait s'emparer du titre de grand chevalier afin d'unir les quinze royaumes ; pour cela, il avait tenté d'éliminer son principal rival, le seigneur Junos de Berrion. Tous deux allaient bientôt se retrouver à la réunion annuelle des seigneurs qui, cette année, aurait lieu à Tom-sur-Mer. C'était justement en prévision de cette rencontre que Barthélémy avait ordonné aux scribes de la grande bibliothèque de Bratel-la-Grande d'entreprendre des recherches sur la toison d'or. Selon la légende, celui qui portait la précieuse toison sur ses épaules ne subirait aucune défaite et, par conséquent, ses armées, portées par la grâce divine, seraient toujours victorieuses sur les champs de bataille. Il était donc impératif pour le seigneur de posséder ce pelage magique, afin de mener à bien ses plans de croisade. Cependant, la toison d'or demeurait introuvable et aucun livre ou parchemin ne semblait indiquer l'endroit où elle était cachée.

— Je suis découragé, se plaignit le moine obèse qui, dans les caves du château de Bratel-la-Grande, fouillait encore et encore toute la documentation de la bibliothèque.

— Tu n'as pas retrouvé non plus le livre que nous avons égaré ? demanda son assistant.

— Non ! Voilà un autre mystère ! Pourtant, je suis tout à fait sûr de l'avoir laissé là, sur la table. Je ne comprends pas comment il a pu disparaître!

Le livre qu'ils cherchaient était celui que Sartigan avait subtilisé lors de son passage dans le donjon. Les deux moines ne pouvaient pas savoir qu'ils avaient été victimes d'un vol.

– Je ne sais plus quoi faire, s'inquiéta le pauvre bougre. Si nous ne trouvons pas bientôt comment calmer l'impatience de Barthélémy, j'ai bien peur que nous finissions dans une oubliette humide.

– Tu penses vraiment qu'il en serait capable? demanda nerveusement l'autre.

– Si je le pense? J'en suis même persuadé! Lors de sa dernière visite ici, j'ai vu dans ses yeux le feu qui brûlait son âme! Plus les jours passent, plus il est irritable. Ce n'est sûrement pas pour rien qu'il fait autant pression sur nous!

– Mais la toison d'or n'est qu'une légende! soupira le jeune moine, exaspéré. Elle n'existe même pas, nos recherches le démontrent chaque jour!

– Tu lui diras ça, à lui, s'énerva l'obèse, pas à moi!

– Comment peut-on réellement trouver une chose qui n'existe que dans les contes? Il n'y a pas de pistes, pas d'indices, rien qui puisse nous donner la moindre idée de l'endroit où elle se trouve.

– Et puis, regarde ce parchemin! Ce n'est pas avec une phrase du genre «*musiquE Allègre et Fanon Du chaGrin*» qu'on réussira à avancer! En plus, il n'y a aucun respect des majuscules et des minuscules là-dedans!

– Je peux voir ce document?

– Si tu veux. Mais je l'ai déjà examiné cent fois! C'est le bout de parchemin qui était dans le livre que j'ai égaré…

Le jeune moine analysa minutieusement la phrase.

musiquE Allègre et Fanon Du chaGrin

Effectivement, ça semblait ne rien vouloir dire.

– Selon toi, pourquoi les lettres majuscules sont-elles disposées ainsi? demanda-t-il à son supérieur. Ça n'a aucun sens…

– Aucune idée! J'avais pensé tout d'abord à un code secret, alors je me suis amusé à changer les lettres de place pour créer des nouveaux mots. Comme je n'ai rien trouvé d'intéressant, j'ai décidé de me concentrer sur les majuscules! Maintenant, après deux jours complets de travail là-dessus, j'abandonne…

– Hum ! fit le jeune en réfléchissant. Connais-tu un peu la musique ?

– Pas le moins du monde ! Un jour, j'ai voulu me joindre à la grande chorale du monastère, mais je me suis fait remercier après dix minutes de répétition. Je n'ai pas du tout l'oreille musicale, si tu savais…

– Voilà pourquoi tu n'as rien trouvé…

– Explique-moi vite, parce que j'en ai assez des devinettes !

– Je suis un peu musicien, je joue de la flûte à temps perdu, expliqua le jeune moine. À mon avis, «E», «A», «F», «D» et «G» ne sont pas des lettres, mais des notes de musique ! En réalité, cette phrase cacherait une partition…

– De la musique ?

– Oui, j'en suis presque certain ! Il y a différentes façons d'écrire la musique. Celle-ci est un ancien code qui n'est presque plus utilisé. «E» est la note *mi*, «A» équivaut à *la*, «F» à *fa*, «D» à *ré* et «G» à *sol*. Attends, je vais chercher ma flûte !

Le jeune moine courut à toutes jambes jusqu'au monastère situé à quelques rues du château de Barthélémy. Une fois dans sa cellule, il prit sa flûte et revint aussitôt dans la cave du donjon.

– Voilà ! s'exclama-t-il, essoufflé. Essayons pour voir !

– Crois-tu vraiment qu'il va se passer quelque chose? demanda l'obèse, sceptique. Je pense que tu dérailles. Tu travailles trop.

Le flûtiste joua les cinq notes. Comme l'avait prévu son acolyte, il ne se passa rien. Entêté, le jeune religieux essaya de nouveau, mais les sons aigrelets ne provoquèrent que les rires du gros moine.

– Tu vois bien! fit ce dernier en rigolant de plus belle. Ta petite musique est inutile et nous perdons notre temps dans cette cave.

– Je suis pourtant certain qu'il s'agit de notes de musique. Peut-être que la mélodie doit être jouée sur un instrument en particulier?

– Ta, ta, ta! Tu fais fausse route, c'est moi qui te le dis! De toute évidence, il ne s'agit pas d'un code musical.

– Fanon du chagrin, s'acharna le jeune homme en se grattant la tête. J'ai déjà vu ce mot quelque part! Hummm... OUI! JE SAIS! ATTENDS!

Après avoir fouillé dans une pile de livres placée dans un coin de la pièce, il se releva avec un vieux bouquin traitant des us et coutumes des Faunes.

– Mais qu'est-ce que tu fabriques encore? s'impatienta l'autre. Laisse tomber ton hypothèse, je te dis!

– Mais tais-toi donc! J'ai une piste… Je sais ce que je fais!

– En tant que supérieur hiérarchique, je t'ordonne immédiatement de…

– Regarde, c'est dans ce livre! Ici, il est clairement écrit que les faunes appellent la flûte de leur roi «le Fanon du chagrin». Je le savais! Il faut jouer la mélodie avec l'instrument du roi et…

– Tout à fait stupide! tonna l'obèse. Tu divagues complètement…

Au moment même, la porte s'ouvrit brusquement et Barthélémy entra dans la pièce.

– Que se passe-t-il ici? demanda gravement le seigneur. Vous devriez chercher dans vos livres au lieu de perdre votre temps à vous quereller!

– Mais… mais… vous vous méprenez! lança le gros moine, devenu soudain très nerveux. Nous sommes seulement en désaccord sur…

– Ferme-la! ordonna le seigneur qui ne voulait rien entendre. J'ai surpris quelques mots de votre discussion et je crois que ce jeune homme est effectivement sur une piste intéressante.

– Je vous remercie, seigneur Barthélémy, fit le novice en inclinant la tête. Si vous permettez, je vous explique ma théorie…

– Je t'écoute…

– Nous avons découvert cette phrase: *musiquE Allègre et Fanon Du chaGrin*; je crois qu'il s'agit d'un code musical qui doit être joué allegro sur la flûte du roi des faunes.

– Cette mélodie nous mènera-t-elle à la toison d'or? demanda le seigneur, captivé par cette explication.

– Pour être franc, je l'ignore encore. En tout cas, je pense qu'il s'agirait d'un premier pas dans la bonne direction, même si je ne peux pas vous garantir sa découverte de sitôt! Je commence à peine à trouver des pistes…

– Et toi? lança le seigneur au gros moine. Qu'as-tu trouvé à part les cuisines du donjon?

– En vérité, je… je… que… ici, j'ai quelques…, balbutia le mastodonte. Si vous permettez, repassez plus tard… Je suis certain que…

Le seigneur dégaina subitement son épée et fit voler dans les airs la tête du moine. Le corps de l'obèse tomba lourdement sur le sol en emportant dans sa chute un secrétaire et deux petites bibliothèques. La tête, rebondissant à quelques reprises, s'arrêta sur le seuil de la cave.

– Je déteste les lâches et les menteurs, fit Barthélémy en rangeant l'arme dans son fourreau. Détends-toi, j'enverrai quelqu'un pour nettoyer! Bon, et où se trouve-t-il, ce fameux roi des faunes, que je lui emprunte sa flûte?

– Je ne… je… je ne sais pas, bafouilla le jeune moine, choqué. Je dois faire des recherches, mais… mais il est dit dans ce livre que les faunes vivent quelque part sur les hauts plateaux du Sud… au-delà de la mer centrale…

– Tu as trois jours pour trouver où ils se cachent! ordonna le seigneur. D'ici là, mes hommes se tiendront prêts à entreprendre le voyage jusqu'au bout du monde s'il le faut! Prépare tes affaires, car tu seras de l'aventure. Nous aurons besoin de toi pour nous guider…

– Bien, mon seigneur, s'inclina le moine. Je prendrai quelques livres de référence avec moi.

– Tu apporteras tout ce que tu jugeras nécessaire pour l'accomplissement de notre mission! Je ne reviendrai pas à Bratel-la-Grande sans avoir revêtu la toison d'or…

– Très bien, je serai prêt.

– Au fait, comment t'appelles-tu, jeune homme?

– Zacharia, mais mes amis m'appellent Zack…

– Alors, je t'appellerai Zack moi aussi, déclara le seigneur en ricanant, car tu n'auras pas d'autres amis que moi tout au long de cette quête! Ne me déçois pas, Zack. Tu as vu ce qui arrive aux paresseux et aux menteurs? Je ne voudrais pas être obligé de souiller la lame de mon épée de ton sang…

Barthélémy sortit de la pièce en bottant la tête du gros moine jusque dans le couloir. Toujours sous le choc, Zacharia tomba à genoux et vomit son déjeuner. Puis il sortit prendre l'air et, le cœur serré, souhaita ardemment que ce voyage à venir ne soit pas le dernier.

Lexique mythologique

DIEU

Pégase: Dans la mythologie grecque, ce cheval d'une rare beauté avait d'immenses ailes toujours déployées et de solides jambes habiles à la course. Reconnu pour la puissance de son encolure et la finesse racée de son corps, il naquit du sang de Méduse lorsqu'elle eut la tête tranchée par Persée. Bellérophon réussit à dompter Pégase et, avec son aide, vainquit la Chimère.

LES CRÉATURES MYTHOLOGIQUES

Faune: Ce sont des divinités romaines qui vivent dans les bois et que l'on peut comparer aux satyres grecs. On les représente avec de petites cornes, une queue et des sabots de bouc. Selon la légende, leur nom vient du roi Fannus, petit-fils de Saturne, qui les aurait créés.

Harpie: Dans les mythes de la Grèce antique, les dieux se servaient de la méchanceté des harpies pour tourmenter les mortels. Ces femmes-vautours au corps osseux, au visage ridé et nanties d'un bec et d'ongles crochus répandaient famine et sécheresse autour d'elles.

Icarien: Ils sont une inspiration du mythe grec d'Icare qui, prisonnier avec son père Dédale dans le labyrinthe, se confectionna des ailes de plumes et de cire. Sans écouter les recommandations de son père lui disant de ne pas s'approcher du Soleil, Icare vola en direction de l'astre du jour dont les rayons firent fondre la cire de ses ailes. L'infortuné sombra dans la mer qui, depuis, porte son nom.

Oracle: Les oracles étaient, dans la Grèce antique, des humains capables de parler avec les divinités. Le plus célèbre est l'oracle de Delphes, une petite ville où Apollon accomplit ses premiers exploits et tua, entre autres, le serpent Python. L'oracle Delfès de la cité de Pégase en est inspiré.

LEONIS

LA SÉRIE QUI VOUS PLONGE DANS L'UNIVERS FASCINANT DE L'ÉGYPTE ANCIENNE